苏轼散文修辞研究

谢 晴 著

重庆大学出版社

内容简介

本书运用汉语修辞学的理论与方法,展现了苏轼散文修辞的风貌,探讨了苏轼散文修辞的动因,梳理了苏轼散文修辞对前人的继承与创新及对后世的影响。绪论部分概述了苏轼散文修辞研究的现状,介绍了本课题研究的方法等。前三章从语音修辞、词汇修辞、句法修辞、辞格运用和篇章修辞等多个角度和层面对苏轼散文修辞的风貌、成因及成就进行考察。后四章联系苏轼散文的题材、体裁等,探讨了苏轼散文在修辞手法和体裁样式两个方面对前代散文修辞的继承与创新,并做了苏轼散文修辞对后世影响的专题研究。结论部分简述了苏轼散文修辞在古代散文修辞史上的地位、贡献与影响。

图书在版编目(CIP)数据

苏轼散文修辞研究 / 谢晴著 . --重庆:重庆大学出版社,2024.12. -- ISBN 978-7-5689-4810-4

Ⅰ . I207.62

中国国家版本馆 CIP 数据核字第 20243QA537 号

苏轼散文修辞研究
SUSHI SANWEN XIUCI YANJIU

谢 晴 著

责任编辑:陈筱萌　　版式设计:陈筱萌
责任校对:关德强　　责任印制:张　策

*

重庆大学出版社出版发行
出版人:陈晓阳
社址:重庆市沙坪坝区大学城西路 21 号
邮编:401331
电话:(023)88617190　　88617185(中小学)
传真:(023)88617186　　88617166
网址:http://www.cqup.com.cn
邮箱:fxk@cqup.com.cn(营销中心)
全国新华书店经销
重庆华林天美印务有限公司印刷

*

开本:720mm×1020mm　1/16　印张:10.75　字数:154 千
2024 年 12 月第 1 版　　2024 年 12 月第 1 次印刷
ISBN 978-7-5689-4810-4　　定价:58.00 元

目录

绪 论

一、研究现状

从苏轼散文出现至今，对苏轼散文的研究成果不计其数，但从修辞学角度切入的较少。

苏轼散文成就和传承的相关研究，始于苏轼在世时，一直延及当代。传统研究主要以评点形式散布于诗话、词话、文论、笔记等文献中，现代则诞生了多种专研性的著作、论文，并呈现向深度、广度进发的态势。这些研究成果中，对本课题的直接研究较少，关涉本课题内容、对本课题研究具有重要参考价值的，大致可分为两部分：一是关于苏轼散文成就和传承的论述，二是关于苏轼散文修辞实践的评析。

四川大学中文系唐宋文学研究室编纂的《苏轼资料汇编》[1]中关于苏轼散文的内容，提供了苏轼散文研究可供查询、检索的材料。曾枣庄编辑的《苏文汇评》[2]收集了六百八十多篇苏文的历代评论和背景资料及书末的各家总评，梳理了历代学者对苏文具体篇目的评论。王水照主编的《历代文话》[3]是宋代以来文章学著作的汇编，如《云庄四六余话》《文章精义》等保存了大量关于苏文作法

---

1 四川大学中文系唐宋文学研究室：《苏轼资料汇编》，北京：中华书局，1994年。
2 曾枣庄：《苏文汇评》，成都：四川文艺出版社，2000年。
3 王水照：《历代文话》，上海：复旦大学出版社，2007年。

研究的资料,《论学须知》是专门探讨苏文作法的。这三部书中关于苏轼散文的修辞研究往往夹杂在文章作法的评点中,需要用现代语言学的眼光去挖掘、整理,是搜集苏轼散文修辞语料的重要来源。

关于苏轼散文成就和传承的论述,主要包括两类:一类是从传统文献中爬罗剔抉,如樊庆彦的《明代苏轼研究"中熄"说献疑——兼论明代苏文评点的学术价值》[1]从苏文评点入手探究其学术价值;一类是从特定时代、特定地区等角度进行查考,如胡传志的《"苏学盛于北"的历史考察》[2],张惠民的《从金源文论看"苏学北行"》[3],曾枣庄的《"苏学行于北"——论苏轼对金代文学的影响》[4]《"崇尚眉山之体"——苏轼对元代文学的影响》[5]都涉及了苏轼散文对个人或者时代的影响。这部分成果,更多是从其他角度对苏轼散文的成就和传承进行相关探讨,其中部分涵盖或涉及修辞学角度的研究,为本课题的研究奠定了基础,提供了借鉴。

关于苏轼散文修辞实践的鉴赏、评论、分析,其成果数量虽然不算少,但主要集中在比喻、用典等修辞格的运用分析,而对其他修辞手段运用的研究存在较多缺失:如主要着眼于共时的修辞实践,历时探讨尚待拓展深化。有多篇学位论文的章节探讨了苏轼散文的艺术技巧和语言风格,如毕爱杰的《论苏轼的游记散文》[6]第二章分析了苏轼游记散文富于变化的布局谋篇的特点,探讨了其善用比喻、句式多变的特色,第三章指出苏轼对游记体散文的变革,即开启了明清小品文的先河。张大联的《论苏轼的散文理论及散文创作》[7]下篇指出了

---

1 樊庆彦:《明代苏轼研究"中熄"说献疑——兼论明代苏文评点的学术价值》,《复旦学报(社会科学版)》2010年第3期,第98页。

2 胡传志:《"苏学盛于北"的历史考察》,《文学遗产》1998年第5期,第54页。

3 张惠民:《从金源文论看"苏学北行"》,《乐山师范学院学报》2007年第4期,第7页。

4 曾枣庄:《"苏学行于北"——论苏轼对金代文学的影响》,《阴山学刊》2000年第4期,第10页。

5 曾枣庄:《"崇尚眉山之体"——苏轼对元代文学的影响》,《阴山学刊》2001年第2期,第18页。

6 毕爱杰:《论苏轼的游记散文》,硕士学位论文,宁夏大学文学院,2003年,第15-31页。

7 张大联:《论苏轼的散文理论及散文创作》,硕士学位论文,华中师范大学文学院,2004年,第21-39页。

随意驱遣、姿态横生是苏轼散文结构布局上的特征，多用排偶句、善用比喻是其散文的特色。刘含笑的《苏轼的记体散文研究》[1]第二章分析了记体散文的辞格运用特点，涉及比喻、拟人、对偶、排比、夸张等修辞格。任晓凡的《论苏轼儋州散文的创作成就》第三章考察了苏轼散文姿态横生的结构布局，第四章主要探讨了苏轼儋州散文比喻手法的运用及其修辞效果。唐鹏的《苏轼政论散文研究》[2]第四章论述了苏轼政论散文的论证方法多样化的特点，指出苏轼散文善于运用比喻、寓言、用典等手法说理。王小飞的《苏轼散文语言节律研究》[3]第三章考察了苏轼散文语言节律美的生成策略主要有停延、节奏手段，还有语音的声韵、平仄、轻重、长短、套叠等手段；第四章对苏轼散文的经典篇章《记承天寺夜游》进行了语言节律结构的赏析。臧菊妍的《苏轼惠州散文研究》[4]第三章分析了苏轼惠州散文的骈散结合的特点，第四章从创作内容、创作方法的角度考察了苏轼惠州散文对后世文学创作的影响。这些研究为我们研究苏轼散文的修辞格、语音修辞及对后世文学创作的影响提供了方法上的借鉴。

以上成果主要是文学角度的研究，着眼于评价苏轼散文的文学效果、文学成就。其中，或者涉及苏轼散文的修辞手法、修辞风格的某一方面，或者涉及苏轼散文修辞对某一阶段、某一体裁的影响，为修辞学的研究提供了前提与借鉴。但探究苏轼散文修辞的面貌与动因以及对后世散文修辞的影响需要更多方法、更深程度的挖掘。

1　刘含笑：《苏轼的"记"体散文研究》，硕士学位论文，东北师范大学文学院，2012年，第16-21页。

2　唐鹏：《苏轼政论散文研究》，硕士学位论文，扬州大学文学院，2013年，第45-61页。

3　王小飞：《苏轼散文语言节律研究》，硕士学位论文，西北大学文学院，2014年，第15-46页。

4　臧菊妍：《苏轼惠州散文研究》，硕士学位论文，陕西理工大学人文学院，2023年，第71-108页。

二、研究的内容和价值

对苏轼散文的界定有争论的问题是赋与骈文是否应该划入散文。杨庆存在《宋代散文研究》中说："赋与骈文的根本体性均属于文……非音乐性文学区域内的所有可以独立成篇的文章（具有现代意义的小说除外），均可视为散文。"[1]因此，赋与骈文应该划入散文。而《易传》《书传》《论语说》是经解，依赖经文，不具备独立性，所以不划入散文。

本课题从修辞学角度入手，以苏轼散文修辞为主要研究对象，运用古代修辞学、现代修辞学的理论与方法，结合文艺学、美学等学科的理论与方法，并结合历代学者的相关评论，从语音修辞、词汇修辞、句法修辞、修辞格及篇章修辞等方面考察苏轼散文修辞的特点，探究苏轼散文修辞的动因，进而从不同侧面梳理苏轼散文修辞的继承与创新以及影响。

苏轼是"新古文的集大成者和其变体（小品文）的开启者"[2]。探究苏轼散文的修辞实践及其成就、影响，分析其背后的动因，将有助于弥补修辞史和修辞学史中相应专人专题研究尚存的缺失。对苏轼散文修辞手段运用情况纵横结合、力求翔实的描述和解读，可为今人对苏轼散文的阅读、评鉴、教学等提供指导和帮助。从修辞和文学互动关系角度探讨造就苏轼文学成就和传承的根源和条件，有助于改进、丰富、深化对苏轼文学成就和传承的研究，有利于继承发扬以东坡文化为代表的优秀传统文化。

1 杨庆存：《宋代散文研究》，北京：人民文学出版社，2002年，第39、41页。
2 王水照，朱刚：《苏轼评传》，武汉：长江文艺出版社，2019年，第356页。

三、研究的理论和方法

语音、词汇、语法是语言的三要素，语言三要素是修辞的材料、手段、基础，修辞学研究语言运用的规律，与语言的三要素关系密切。修辞学的学科性质和特点也决定了其与文学、美学、心理学等学科的密切关系。苏轼散文修辞研究既有一般修辞学研究的共性，也有自己的特性。因此，既要结合语言三要素去分析，还要注重借鉴和运用文学、美学、心理学等学科的理论和方法。

1. 描写与解释相结合的方法

苏轼散文修辞的总体面貌是多层次的，从语音修辞、词汇修辞、句法修辞、修辞格及篇章修辞等方面对苏轼散文中的修辞现象进行描写，才能精准地把握苏轼散文修辞的特点。苏轼散文修辞的成就受很多因素影响，因此要从苏轼的个人因素、文艺学思想和美学思想等角度去揭示其内在的动因。

2. 共时和历时相结合的方法

苏轼散文数量庞大、种类繁多，既要分门别类地分析其不同体裁散文的修辞特点，还要从体裁样式的角度探讨苏轼散文修辞的传承与影响。共时的研究不可能穷尽，历时的探讨也不可能面面俱到，因而可以从赋、记体散文、书序、题跋、小品文等不同体裁去呈现苏轼散文修辞继承与创新的横断面，如苏轼的文赋《赤壁赋》是运用以押韵的语音修辞手段和散句为主的句式修辞手段对传统赋体的骈偶声律的"俪辞"的标准的突破与创新。

专题性的纵向展开可以从苏轼小品文对明代、清代小品文的影响的角度去探讨苏轼散文修辞的影响，如明代公安派对苏轼写景抒情小品文的接受，清代袁枚对"性灵说"的继承发展以及对其小品文修辞的影响。

3. 修辞研究的特定方法

陈望道在《修辞学发凡》中指出："修辞以适应题旨情境为第一义。"[1]题旨情境是指文章所要表达的主题和意图，以及与之相关的社会、历史、文化等背景。苏轼散文修辞深受题旨情境的影响，题旨情境对苏轼散文修辞有制约作用。苏轼散文的修辞手段能主动适应题旨情境，这种调整语辞的过程往往还涉及其他因素，因此也是多重适应、动态适应的过程。同时，苏轼散文修辞又对题旨情境产生了塑造作用。苏轼散文的修辞手段的巧妙运用，往往遵循一定的适应原则，通过适应策略、适应技巧的运用，用具有象征意义的意象和陌生化手法表现抽象的主题，对塑造文章的题旨情境起到了重要的作用，从而促使读者更好地理解和感受文章的内涵。

---

1 陈望道：《修辞学发凡》，上海：复旦大学出版社，2008年，第9页。

第一章 苏轼散文修辞的概貌

苏轼散文的修辞面貌是一种层级体系，其修辞系统由修辞现象和修辞方法构成。修辞系统由语音修辞、词汇修辞、句法修辞、篇章修辞和修辞格等子系统构成。本研究以此为基点，运用修辞学的理论、方法，考察苏轼散文中的语音、词汇、句法、篇章及修辞格等修辞手段及其修辞效果，系统论述苏轼散文的修辞艺术。

第一节 苏轼散文的语音修辞

语音修辞手段是由言语单位的语音特征和语音关系所构成的修辞策略和技巧。语音修辞，即通过语音的变化和组合，利用音、形、义结合关系的多样性表情达意，使语言更具韵律美、音乐性和表现力。苏轼散文中运用的语音修辞手段主要有押韵与平仄，以及双声、叠韵、叠音形式的选用。

一、押韵与平仄

押韵指相同的音出现在句子的相同的位置上。句中或者句尾用同韵字，这些同韵字被称为韵脚。押韵的音响效果复现，呈现回环往复的音乐美，使得文章节奏分明。苏轼散文中的押韵可以分为偶韵、随韵、交韵等方式。

（1）西望夏口，东望武昌。山川相缪，郁乎苍苍。此非孟德之困于周郎者乎？（《赤壁赋》）

（2）况吾与子渔樵于江渚之上，侣鱼虾而友麋鹿。驾一叶之扁舟，举匏尊以相属。（《赤壁赋》）

（3）哀吾生之须臾，羡长江之无穷。挟飞仙以遨游，抱明月而长终。（《赤壁赋》）

（4）使天而雨珠，寒者不得以为襦。使天而雨玉，饥者不得以为粟。一雨三日，繄谁之力。（《喜雨亭记》）

（5）论战斗之事，则缩颈而股栗，闻盗贼之名，则掩耳而不愿听。而士大夫亦未尝言兵，以为生事扰民，渐不可长。此不亦畏之太甚而养之太过欤？（《策别安万民五》）

（6）彭城之山，冈岭四合，隐然如大环，独缺其西十二，而山人之亭适当其缺。（《放鹤亭记》）

例（1）（2）（3）都是隔句押韵，又叫偶韵，也就是偶数句押韵。例（4）"珠""襦""玉""粟"押韵，"日""力"押韵。句句押韵，也就是随韵；可以一韵到底，也可以换韵。例（5）"事""栗"押韵，"名""听""兵""民"押韵，也是随韵。例（6）"山""环"押韵，"合""二"押韵，叫作交韵，也就是单句与单句押韵，偶句与偶句押韵。

韵母与情感的抒发有一定的关系。周济指出："东、真韵宽平，支、先韵细腻，鱼、歌韵缠绵，萧、尤韵感慨，各有声响，莫草草乱用。阳声字多则沉顿，阴声字多则激昂。重阳间一阴，则柔而不靡；重阴间一阳，则高而不危。"[1] 古代汉语有洪音、细音之分，韵母中元音开口度较大，音色比较响亮的叫作洪音，反之则为细音。现代学者又将韵母分为洪亮级、柔和级和细微级。一般来说，表

---

1 周济：《介存斋论词杂著》，北京：人民文学出版社，1998年，第14页。

达豪壮的情绪用洪音或者洪亮级，表达柔婉的情绪用细音、柔和级或者细微级。

苏轼用阳声韵表达哀痛之情。利用押韵的语音修辞手段来表情达意，有利于深化文章的主题。

（7）东坡先生侍妾曰朝云，字子霞，姓王氏，钱塘人。敏而好义，事先生二十有三年，忠敬若一。绍圣三年七月壬辰，卒于惠州，年三十四。八月庚申，葬之丰湖之上栖禅山寺之东南。生子遁，未期而夭。盖常从比丘尼义冲学佛法，亦粗识大意。且死，诵《金刚经》四句偈以绝。铭曰：浮屠是瞻，伽蓝是依。如汝宿心，惟佛之归。（《朝云墓志铭》）

以鼻辅音-n收尾的即阳声韵，"云""人""年""辰"等韵脚的运用，对表达哀痛起到辅助作用。

苏轼在散文中巧妙地运用平仄和声调的变化，使文章既有节奏感，又不失抑扬顿挫之美。

"平"是指古韵中的平声，包含阴平、阳平；"仄"是指古韵中的上声、去声、入声。平声尚含蓄，上声促而未舒，去声往而不返，入声逼侧而调难自转。平仄调配的手法在苏轼散文中是普遍存在的，以《灵壁张氏园亭记》为例：

（8）道京师而东，水浮浊流，陆走黄尘，陂田苍莽，行者倦厌。（《灵壁张氏园亭记》）

排句句内的八个字"浮""流""走""尘""田""莽""者""厌"构成"平-平-仄-平-平-仄-仄-仄"的组合，每句的句尾处形成"平-平-仄-仄"的组配，句子内部、句子之间的相互套叠，文章开篇语言精练又音韵和谐。

（9）其外修竹森然以高，乔木蓊然以深。（《灵壁张氏园亭记》）

两句的平仄是相同的，均是"平-仄-平-平-仄-平"。

（10）奇花美草，有京洛之态。华堂厦屋，有吴蜀之巧。（《灵壁张氏园亭记》）

排句前后两句平仄均为"平-平-仄-仄，仄-平-仄-平-仄"。
相同的平仄组配起来有规整统一、循环往复的美感。

（11）凡朝夕之奉，燕游之乐，不求而足。（《灵壁张氏园亭记》）

"燕游之乐""不求而足"均为"仄-平-平-仄"。
四字格中，"平-平-仄-仄"和"仄-仄-平-平"是对立型，"仄-平-平-仄"是回环型，"仄-平-仄-平"和"平-仄-平-仄"是往复型，前后句连用，或是上下句相同位置上的选用，在段落和篇章的层面上呈现出金声玉振的节律美感。

音节的协调指通过对不同音节词语的选择、组合，达到具有整齐划一或错落有致的节奏感和韵律美的目的。音节协调主要讲求双音化、四字组合、前后相连的句子字数相同或相近。

苏轼散文中的四字句、五字句、六字句、七字句、八字句是由不同的节拍数组成的，相同节拍构成的齐言句的循环往复或者相间交替，就会形成周期性的节奏感，读来响亮悦耳。

（12）夫君子之所取者远，则必有所待，所就者大，则必有所忍。（《贾谊论》）
（13）虽美恶之相辽，嗜好之不齐，亦焉可胜道哉！（《黄甘陆吉传》）
（14）文起八代之衰，而道济天下之溺，忠犯人主之怒，而勇夺三军之帅。

（《潮州韩文公庙碑》）

（15）楠之不可以为楹，轮之不可以为毂，是岂其性之罪耶？（《扬雄论》）

（16）言兵不若曹操之多，言地不若曹操之广，言战不若曹操之能，而有以一胜之者，区区之忠信也。（《诸葛亮论》）

（17）智可以欺王公，不可以欺豚鱼。力可以得天下，不可以得匹夫匹妇之心。故公之精诚，能开衡山之云，而不能回宪宗之惑。能驯鳄鱼之暴，而不能弭皇甫镈、李逢吉之谤。能信于南海之民，庙食百世，而不能使其身一日安于朝廷之上。（《潮州韩文公庙碑》）

例（12）是"3+1""1+3"构成的四字句，例（13）是"2+1+2"构成的五字句，例（14）是"2+2+2"构成的六字句，例（15）是"2+3+2"构成的七字句，例（16）是"2+2+2+2"构成的八字句，例（17）有六字句的重叠，还有六字句、七字句的交错。这些基本由一拍、二拍、三拍构成的语音形式与句法结构整齐的长短句，循环往复或者相间交替，呈现出让人印象深刻的节奏美感。

字数不整齐的句子通过相同音节词语的复现呈现节奏感。排比、顶真、反复等手法的运用能增强节奏的强度。

（18）如是而生，如是而死，如是而挛拳瘠蹙，如是而条达畅茂。根茎节叶，牙角脉缕，千变万化，未始相袭，而各当其处。（《净因院画记》）

（19）夫唐永泰之间，奸臣执政，政以贿成，德宗发愤而用常衮，衮一切用法，四方奏请，莫有获者。（《应制举上两制书》）

（20）君得从先夫人于九泉，余不能。呜呼哀哉！余永无所依怙。君虽没，其有与为妇何伤乎？呜呼哀哉！（《亡妻王氏墓志铭》）

这三个例子中，排比句式"如是而"的复现，顶真手法"政""衮"的复现，反复手法"呜呼哀哉"的复现，使得错落有致的句子中增强了整齐划一的节奏感。

二、双声、叠韵、叠音形式的选用

两个音节声母相同或相近为双声，两个音节韵母相同或相近为叠韵。两个音节相同为叠音。"叠韵如两玉相叩，取其铿锵。双声如贯珠，取其宛转。"[1]双声、叠韵、叠音形式的运用，不仅借助声母、韵母的周期复沓来加强节奏感，还有利于表情达意。

（1）至唐李渤始访其遗踪，得双石于潭上，扣而聆之，南声函胡，北音清越，枹止响腾，余韵徐歇。自以为得之矣。（《石钟山记》）

（2）寺僧使小童持斧，于乱石间择其一二扣之，硿硿焉。余固笑而不信也。（《石钟山记》）

（3）而山上栖鹘，闻人声亦惊起，磔磔云霄间。（《石钟山记》）

（4）徐而察之，则山下皆石穴罅，不知其浅深，微波入焉，涵澹澎湃而为此也。（《石钟山记》）

（5）空中而多窍，与风水相吞吐，有窾坎镗鞳之声，与向之噌吰者相应，如乐作焉。（《石钟山记》）

（6）使童子烛之，有橐中空。嘐嘐聱聱，声在橐中。（《黠鼠赋》）

（7）如是而生，如是而死，如是而挛拳瘠蹙，如是而条达畅茂。根茎节叶，牙角脉缕，千变万化，未始相袭，而各当其处。（《净因院画记》）

（8）霏霏乎其若轻云之蔽月，翻翻乎其若长风之卷斾也。猗猗乎其若游丝之萦柳絮，袅袅乎其若流水之舞荇带也。离离乎其远而相属，缩缩乎其近而不隘也。（《文与可飞白赞》）

（9）怀瑾佩兰而无所归兮，独荧荧乎中浦。（《屈原庙赋》）

---

1 李重华：《贞一斋诗说》，见王夫之著，丁福保编《清诗话》，上海：上海古籍出版社，2015年，第969页。

例（1）"函胡""余韵""徐歇"均为双声词。例（2）和例（3）"碰碰""磔磔"都是叠音词。例（4）"涵澹"是叠韵词，"澎湃"是双声词。例（5）"窾坎"是双声叠韵词，"镗鞳"为双声词。例（6）"嘐嘐聱聱"是叠音词。例（7）"挛拳"是叠韵词。例（8）"霏霏""翻翻""猗猗""袅袅""离离""缩缩"都是叠音词。例（9）茕茕是叠音词。这些词不仅摹拟了不同的声音，还兼具表意功能。

"双声叠韵词通常是名词、动词、形容词。这样的名词往往能给人以立体感；这样的形容词比一般形容词更带感情性质，程度更高；这样的动词和普通动词相比，具有较强的力度、较宽的幅度和较高的频率。"[1] "荡漾处多用叠韵，促节处用双声，则其声铿锵可诵，必有过于前人者。"[2] 双声时两个相同声母重复出现，铿锵有力；叠韵时两个相同韵母再现，婉转荡漾，回环复沓。双声和叠韵在"促节处""荡漾处"配合使用，铿锵与婉转交替，回环而富有变化，能够增强文字的音乐美。

刘勰曾在《文心雕龙·物色》中说："是以《诗》人感物，联类不穷；流连万象之际，沉吟视听之区。写气图貌，既随物以宛转；属采附声，亦与心而徘徊。故'灼灼'状桃花之鲜，'依依'尽杨柳之貌，'杲杲'为出日之容，'瀌瀌'拟雨雪之状，'喈喈'逐黄鸟之声，'喓喓'学草虫之韵。'皎日''嘒星'，一言穷理；'参差''沃若'，两字连形：并以少总多，情貌无遗矣。"[3] 刘勰认为，《诗经》中"灼灼""依依""杲杲"等叠音词描绘了事物的情状，以少量的文字表达了丰富的内容，把事物的神情形貌纤毫无遗地表现了出来。"叠音词所产生的音乐美，比起双声词、叠韵词来更加鲜明。同时，词的音节复沓回环所造成的繁复音象，用来表情达意，便显得更为情深意切；用来拟声状物，则显

---

1 李维琦：《修辞学》，长沙：湖南师范大学出版社，2012年，第25页。

2 王国维：《人间词话》，见《王国维文学论著三种》，芜湖：安徽师范大学出版社，2014年，第43页。

3 刘勰著，王志彬译注：《文心雕龙》，北京：中华书局，2012年，第520页。

得传音尽态；如果用以渲染气氛、描绘意境，则显得气氛更加浓郁，意境更加深邃。"[1]叠音的运用可以状情貌、协音律，收到音意兼美的修辞效果。

苏轼的散文通过对押韵、平仄、双声、叠韵、叠音等语音修辞手法的巧妙运用，不仅增强了文章的音乐性和表现力，还深化了文章的主题。

第二节　苏轼散文的词汇修辞

词汇修辞是苏轼散文魅力的重要组成部分。词汇修辞手段，指的是通过巧妙选择和运用词汇的修辞策略和技巧，使语言更加生动、形象、富有感染力。苏轼在散文创作中，对词汇的运用达到了炉火纯青的地步，形成了独特的语言风格。

一、词语的锤炼

词语的锤炼，又叫"炼字"。锤炼是为了表达得准确、生动。苏轼散文对词语的锤炼主要包括意义和声音两个方面。

苏轼善于锤炼字词，力求精确又简练、生动又形象。

(1) 台高而安，深而明，夏凉而冬温。(《超然台记》)

(2) 月出于东山之上，徘徊于斗牛之间。(《赤壁赋》)

例 (1)"高""安"写超然台高而安稳，"深""明"写台上居室幽深而明亮，"凉""温"写超然台舒适宜人，用词贴切又凝练。

---

1 王占福：《古代汉语修辞学》，石家庄：河北教育出版社，2000年，第289页。

例（2）"徘徊"一词，既准确地写出夜月的位置，又以拟人的手法生动地描绘出了夜月脉脉含情的情致。

苏轼的散文充满了丰富的想象力，他常常把抽象的概念具体化、形象化，使读者能直观地感受他想传达的思想与情感。如：

（3）寄蜉蝣于天地，渺沧海之一粟。哀吾生之须臾，羡长江之无穷。（《赤壁赋》）

例（3）以"蜉蝣"和"粟"来形容自己的生命短暂又渺小，形象生动，令人印象深刻。

苏轼在炼字时注重音韵的和谐与美感。他善于运用押韵等技巧使散文在诵读时更加悦耳动听，增强作品的艺术感染力。如：

（4）南方之氓，以糯与粳，杂以卉药而为饼。嗅之香，嚼之辣，揣之楞然而轻，此饼之良者也。吾始取面而起肥之，和之以姜液，蒸之使十裂，绳穿而风戾之，愈久而益悍，此麹之精者也。米五斗以为率，而五分之，为三斗者一，为五升者四。三斗者以酿，五升者以投，三投而止，尚有五升之赢也。始酿以四两之饼，而每投以二两之麹，皆泽以少水，取足以散解而匀停也。酿者必瓮按而井泓之，三日而井溢，此吾酒之萌也。酒之始萌也，甚烈而微苦，盖三投而后平也。凡饼烈而麹和，投者必屡尝而增损之，以舌为权衡也。既溢之，三日乃投，九日三投，通十有五日而后定也。既定，乃注以斗水，凡水必熟而冷者也。凡酿与投，必寒之而后下，此炎州之令也。既水五日乃篘，得二斗有半，此吾酒之正也。先篘，半日，取所谓赢者为粥，米一而水三之，揉以饼麹，凡四两，二物并也。投之糟中，熟捆而再酿之，五日压得斗有半，此吾酒之少劲者也。劲正合为四斗，又五日而饮，则和而力严而不猛也。篘绝不旋踵而粥投之，少留，则糟枯中风而酒病也。酿久者酒醇而丰，速者反是，故吾酒三十日而成也。（《东坡酒经》）

文章主要展现了酿酒的全过程。"也"字前的句尾实词押韵，精、赢、平、衡、猛、成押八更韵，正、令、病、并、劲押廿四敬韵，冷、猛押廿三梗韵。押韵的组配也带来抑扬顿挫、回环往复的节律美。

例（4）能够产生精妙的修辞效果的原因还在于虚词的运用。"故虚字者，所以传其声，声传而情见焉。……虚字虽无实义可，而究有声气可寻也。"[1]虚词使文章语气、语调的变化得以实现，既能彰显肯定、疑问、感叹等语气，也能传达摇曳流转的声韵情致。从词语的意义上看，"也"是虚词，用于句尾，在文中有时表示判断，如"此麴之精者也"的"也"；有时表示感叹，如"故吾酒三十日而成也"的"也"，在篇章上起到上下文呼应的作用。选用它作为全篇的连贯性的词语，正是对虚词的意义与功能的锤炼。从词语的声音上看，连用十六个"也"字句，一贯通篇，不仅毫无赘烦之弊，反而具有灵动之妙，具有一唱三叹之韵致。又如《凌虚台记》中，虚词也、耶、哉、矣、欤的多次出现和交替运用，可以调节记叙、描写、议论、抒情的语气，造成语气的起伏跌宕，变化多端，还可以使句式灵活多变，整散相杂，展现出文章挥洒自如，姿态横生的特点。再如《净因院画记》："与可之于竹石枯木，真可谓得其理者矣。如是而生，如是而死，如是而挛拳瘠蹙，如是而条达畅茂。根茎节叶，牙角脉缕，千变万化，未始相袭，而各当其处。"虚词"而"的重复运用，有助于展现文与可绘画的多样性，而短句与长句的组配又增强了节奏感和音律美。

苏轼通过对词语的锤炼，描绘出了栩栩如生的画面，增强了语言的形象性，赋予了词汇更深层次的情感含义，使读者在阅读时能够感受到作者的情感波动，丰富了语言的情感色彩。准确、凝练的表达使得苏轼的散文言简意赅，增强了文章的说服力和感染力。

---

1 袁仁林著，解惠全注：《虚字说》，北京：中华书局，1989年，第128页。

二、成语的选用

成语是一种相沿习用、形式简洁而意义精辟的固定短语。成语具有结构凝固、意义完整的特点。苏轼散文中的成语因为意义完整，表意功能强，逐渐凝固定型。散文中有些成语不经改动，直接选用，有些则是通过增减、替换等方式加工后使用。

（1）此数十纸，皆文忠公冲口而出，纵手而成，初不加意者也。（《跋刘景文欧公帖》）

（2）臣所领州，下临涨海。人淳事简，地瘠民贫。（《登州谢上表二首（其二）》）

（3）急起从之，振笔直遂，以追其所见，如兔起鹘落，少纵则逝矣。（《文与可画筼筜谷偃竹记》）

（4）所谓亲策贤良之士者，以应故事而已。岂以臣言为真足以有感于陛下耶？（《御试制科策一道》）

（5）其为人深不愿人知之，其文如其为人，故汪洋澹泊，有一唱三叹之声，而其秀杰之气，终不可没。（《答张文潜县丞书》）

（6）飘飘乎遗世独立，羽化而登仙。（《赤壁赋》）

（7）博观而约取，厚积而薄发，吾告子止于此矣。（《稼说》）

（8）空蒙寂历，烟雨灭没。恕先在焉，呼之或出。（《郭忠恕画赞》）

（9）振鬣长鸣，万马皆喑，父老纵观，以为未始见也。（《三马图赞》）

（10）茹苦含辛，更百千万亿年而后成。（《中和胜相院记》）

例（1）（2）（3）的"冲口而出""地瘠民贫""兔起鹘落"都是未经改动的。增减一些实词、虚词可以加工为成语。增添实词，如例（4）的"虚应故事"。删减实词，如例（5）的"文如其人"。删减虚词，如例（6）（7）的"羽化登仙""博观约取""厚积薄发"。替换语素，如例（8）（9）的"呼之欲出""万马齐喑"。调整语序，如例（10）的"含辛茹苦"。这些成语都最大限度地保留了散文中的原有形式和内容，充分体现出成语的稳定性和发展性的特点。

苏轼善于将前人话语、历史典故剪裁提炼，熔铸为成语。

（11）家无甔石，妻子寒饿，行路伤嗟。（《乞赙赠刘季孙状》）

（12）凡有擘画利害，不问何人，小则随事酬劳，大则量才录用。（《上神宗皇帝书》）

（13）寒女之丝，铢积寸累。天步所临，云蒸雾起。（《裙靴铭》）

（14）水丘仙夫治六经百家说为歌诗，与扬州豪俊交游，头骨硗然，有古丈夫风。其出词吐气，亦往往惊世俗。（《送水丘秀才叙》）

（15）以为有国者，皆当恶衣粝食，与农夫并耕而治，一人之身，而自为百工。（《礼义信足以成德论》）

（16）天目之山，苕水出焉。龙飞凤舞，萃于临安。《表忠观碑》

（17）当韩之亡，秦之方盛也，以刀锯鼎镬待天下之士。（《留侯论》）

（18）然古之人君所以为其子孙长计远虑者，类皆如此。（《司马温公神道碑》）

苏轼散文中的成语对典籍进行语意上的浓缩，如例（11）（12）（13）。例（11）的"家无甔石"出自《汉书·扬雄传上》："家产不过十金，乏无甔石之储，晏如也。"例（12）的"量才录用"出自《礼记·王制》："凡官民材，必先论之。论辨然后使之，任事然后爵之，位定然后禄之。"例（13）的"铢积寸累"出自《后汉书·列女传》："此织生自蚕茧，成于机杼，一丝而累，以至于寸，累寸不已，遂成丈匹。"

苏轼散文中的成语对典籍进行语素上的替换，如例（14）（15）（16）。例

（14）的"出词吐气"出自《庄子·刻意》："语仁义忠信，恭俭推让，为修而已矣。"唐成玄英疏："发辞吐气，则语及仁义，用兹等法为修身之本。"例（15）的"恶衣粝食"出自《汉书·外戚传下·孝成许皇后》："妾夸布服粝食。"例（16）的"龙飞凤舞"出自汉代张衡《东京赋》："我世祖龙飞白水，凤翔参墟。"

苏轼散文中使用的成语系对不同篇目、不同出处的典籍进行合并而来的，如例（17）（18）。例（17）的成语是"刀锯鼎镬"，"刀锯"出自《汉书·刑法志》："大刑用甲兵，其次用斧钺，中刑用刀锯，其次用钻凿。""鼎镬"出自《汉书·郦陆朱刘叔孙传赞》："丽生自匿监门，待主然后出，犹不免鼎镬。"例（18）的成语是"长计远虑"。"长计"出自《战国策·楚策一》："楚国僻陋，托东海之上。寡人年幼，不习国家之长计。""远虑"出自《论语·卫灵公》："人无远虑，必有近忧。"

成语言简意赅，扩大了信息量。成语具有强大的概括能力，简练的形式包含了巨大的信息量，往往意味深远、引人深思。成语形象生动，增强了表现力。成语一般带有修辞色彩，如常见的比喻、夸张等修辞手法的运用，在表达上往往比单纯的语言描述更加生动、直观。苏轼散文中成语的使用不仅丰富了苏轼散文的内涵，还展现了他深厚的文学功底和敏锐的社会洞察力。同时，这些成语也成为中华语言文化宝库中的珍贵财富，被广泛引用和传承至今。

第三节 苏轼散文的句法修辞

句法修辞手段是利用句子的结构特点或者句子之间的结构关系的修辞策略和技巧。苏轼创作的散文的句式多样、灵活多变，他擅长根据文章的内容、情感和上下文的语境的需要来选择合适的句式，利用省略、倒装等手段来制造句法变异，使得文章在表达上更加自由、生动。

一、句式的选配

语法学把句子从语气角度分为陈述句、疑问句、感叹句和祈使句。相比之下，散文中陈述句运用较多，祈使句是最少的，疑问句和感叹句适量出现，起到调节语气的作用。苏轼在散文中会根据内容表达的需要注重句子语气的变化，选用不同语气的句子。

（1）然则道卒不可求欤？苏子曰："道可致而不可求。"何谓致？孙武曰："善战者致人，不致于人。"子夏曰："百工居肆以成其事，君子学以致其道。"莫之求而自至，斯以为致也欤？（《日喻》）

段落中呈现了一问一答的说理，疑问句发问强调"道"的可求与否，陈述句指出"道可致"的观点，又连着发问"何谓致"。苏轼以陈述句的形式作解释。最后以疑问句强调了道不是强求得来而是使它自然到来的道理。

（2）且夫子路能死于卫，而不能不愠于陈、蔡，是岂其知之罪耶？故夫弟子之所为从孔子游者，非专以求闻其所未闻，盖将以求乐其所有也。明而不诚，虽挟其所有，怅怅乎不知所以安之，苟不知所以安之，则是可与居安，而未可与居忧患也。夫惟忧患之至，而后诚明之辨，乃可以见。由此观之，君子安可以不诚哉！（《中庸论》）

段落中的反问句强调子路知道自己的错误，最后的反问语气的感叹句是论点，强调了君子要真诚的观点。反问和感叹是先平后降的语调，苏轼借此表达了强烈的感情态度。疑问句和感叹句出现在多个陈述句中间，起到突出情感、加大力度的作用，还可以吸引读者的注意。

文学创作的表达方式主要有记叙、描写、抒情、议论、说明。散文中最常用的就是叙述句、描写句、议论句和抒情句。叙述句、描写句、议论句和抒情句在段落、篇章中的选配，是受到内容表达、文体形式等因素制约的。摹景、状物以描写句为主，说理以议论句为主。记体散文侧重于叙述句、描写句，政论散文则偏重叙述句、议论句。

（3）元丰二年十二月，余自吴兴守得罪，上不忍诛，以为黄州团练副使，使思过而自新焉。其明年二月，至黄。舍馆粗定，衣食稍给，闭门却扫，收召魂魄，退伏思念，求所以自新之方，反观从来举意动作，皆不中道，非独今之所以得罪者也。欲新其一，恐失其二。触类而求之，有不可胜悔者。于是，喟然叹曰："道不足以御气，性不足以胜习。不锄其本，而耘其末，今虽改之，后必复作。盍归诚佛僧，求一洗之？"得城南精舍曰安国寺，有茂林修竹，陂池亭榭。间一二日辄往，焚香默坐，深自省察，则物我相忘，身心皆空，求罪垢所从生而不可得。一念清净，染汙自落，表里翛然，无所附丽。私窃乐之。旦往而暮还者，五年于此矣。（《黄州安国寺记》）

这段文字的开头三句主要是记叙苏轼谪居黄州时深刻自省的情况，以叙述句形式呈现；第四句抒发了道性不足的自嘲之情，以议论句、抒情句形式表现；最后四句描写安国寺清幽秀美的景色，以描写句、叙述句的形式呈现。段落中以叙述句、描写句为主，杂以议论句、抒情句，符合记体散文长于营造意境，在叙事、写景的基础上议论、抒情的文体特点。

（4）古之人有高世之才，必有遗俗之累。是故非聪明睿哲不惑之主，则不能全其用。古今称苻坚得王猛于草茅之中，一朝尽斥去其旧臣，而与之谋。彼其匹夫略有天下之半，其以此哉。愚深悲贾生之志，故备论之。亦使人君得如贾谊之臣，则知其有狷介之操，一不见用，则忧伤病沮，不能复振；而为贾生

者，亦谨其所发哉。（《贾谊论》）

这段文字开头两句以议论句的形式论述明主才能对贤人才尽其用的观点，后面五句以叙述句、议论句相结合的方式讨论君主与贤人的关系。夹叙夹议的形式很难完全确定哪一句是纯粹的议论或者叙述，所以有时是作者巧妙地将不同功能的句式交融到一起使用。

修辞学从结构角度把句子分为整句与散句。"整句是指由长度和结构相近的若干句子组成的言语单位，散句是指由长短不齐、结构相异的若干句子组成的言语单位。"[1]整句，一般是对偶、排比等句式，结构统一，声音和谐，让人印象深刻。如：

（5）得江楼廓彻之观，而失幽深窈窕之趣，未见所欣戚也。（《题嘉祐寺壁》）

（6）人有牧羊而寝者，因羊而念马，因马而念车，因车而念盖，遂梦曲盖鼓吹，身为王公。（《梦斋铭》）

（7）凡水之在人者，为汗、为涕、为洟、为血、为溲、为泪、为矢、为涎、为沫，此数者，皆水之去人而外骛，然后肇形于有物，皆咸而不能返。（《天庆观乳泉赋》）

例（5）"得""失"对仗，写出作者迁居前后的对比。例（6）以排比句式强调了梦境变换之多之快。例（7）用排比句式对水的形态进行了多角度的描写。

散句长短交错，结构多样，给人自然灵动之感。如：

---

1 黄伯荣，廖序东：《现代汉语（下册）》，北京：高等教育出版社，2017年，第186页。

（8）南望马耳、常山，出没隐见，若近若远，庶几有隐君子乎？而其东则卢山，秦人卢敖之所从遁也。西望穆陵，隐然如城郭，师尚父、齐桓公之遗烈，犹有存者。北俯潍水，慨然太息，思淮阴之功，而吊其不终。（《超然台记》）

写景往往运用传统的"四望感兴之法"，从东、西、南、北四个方向描写，运用排偶句式，讲求规整。苏轼在此不落窠臼，而是运用了散句，句式长短相间，参差错落，疑问句与陈述句变换出现，语气跌宕起伏，为景物描写营造了圆转流走的氛围，自有其疏宕流畅的韵致。

整句与散句各有所长，也各有所短。苏轼善于将整句与散句结合起来，使得文章既有整齐划一的美感，又不失自然流畅。如：

（9）亭以雨名，志喜也。古者有喜，则以名物，示不忘也。周公得禾，以名其书；汉武得鼎，以名其年；叔孙胜狄，以名其子。其喜之大小不齐，其示不忘一也。余至扶风之明年，始治官舍，为亭于堂之北，而凿池其南，引流种树，以为休息之所。是岁之春，雨麦于岐山之阳，其占为有年。既而弥月不雨，民方以为忧。越三月乙卯，乃雨，甲子又雨，民以为未足，丁卯，大雨，三日乃止。官吏相与庆于庭，商贾相与歌于市，农夫相与抃于野，忧者以乐，病者以愈，而吾亭适成。（《喜雨亭记》）

节选段落的散句，自然灵动，收放自如，避免了句式的板滞。"周公"三句，排比句式，说理透彻。"官吏"三句，排比句式写大雨后百姓大喜的场面，后接"忧者"两句对仗，整饬条理又情感充沛。整散结合，紧凑与舒缓交替，整齐与参差相映。

（10）伊人之生，以酒为命。常因既醉之适，方识此心之正。稻米无知，岂解穷理；麹蘖有毒，安能发性。乃知神物之自然，盖与天工而相并。得时行道，我则师齐相之饮醇；远害全身，我则学徐公之中圣。湛若秋露，穆如春风。疑宿云之解驳，漏朝日之曈红。初体粟之失去，旋眼花之扫空。酷爱盂生，知其中之有趣；犹嫌白老，不颂德而言功。（《浊醪有妙理赋》）

节选段落中"乃知神物之自然，盖与天工而相并"是散句，在段落中起调整节奏的作用，避免了段落中全是整句的板滞。整段文字寓散于骈，呈现出抑扬顿挫、跌宕起伏的效果。

苏轼在散文中善于巧妙调整句式，整句井然不紊，听起来音律和谐，悦耳动听，散句散杂错落，形式活泼，富于变化，或整散结合，既和谐匀称又参差错落，变化多姿。

二、句法的变异

散文是一种灵活自由的文体，作者常常通过省略某些句法成分来达到言简意赅、意蕴深远的效果。这种省略不是随意的，而是经过精心构思和选择的结果，旨在为读者留下更多的想象空间和思考余地。

1. 省略

省略句是指在句子中省略某些词语或句法成分，使得句子在表达上更加简洁、紧凑。苏轼的散文中经常运用省略句，这种手法不仅使得文章更加精练，还给读者留下了更多的想象空间。

省略主语。当主语在前文中已经明确提及，或者在上下文中可以清晰推断出来时，苏轼往往会选择省略主语，以使句子更加简洁流畅。这种省略不仅避免了重复，还增强了句子的连贯性和节奏感。如：

（1）方其破荆州，下江陵，顺流而东也，舳舻千里，旌旗蔽空，酾酒临江，

横槊赋诗，固一世之雄也，而（一世之雄）今安在哉？（《赤壁赋》）

　　"而今安在哉"省略了主语"一世之雄"，但通过上下文可以明确知道是指的曹操。

　　有时会故意省略主语，使得句子更加简洁，同时也增强了文章的韵味。如：

　　（2）（吾与友）既饮，（吾与友）往憩于尚氏之第。（《记游定惠院》）

　　"既饮"，"往憩于尚氏之第"就省略了主语"吾与友"，使得句子更加流畅，同时也表达了作者与友人前往尚家宅第休憩。

　　（3）少时遇隐者曰："孺子近道，少思寡欲。"曰："思与欲，若是均乎？"曰："（思）甚于欲。"（《思堂记》）

　　"甚于欲"省略了主语"思"，可以通过上下文推断出来。

　　省略谓语。谓语是句子中的核心部分，但有时候为了简洁或者形成特定的修辞效果，可以省略谓语。这种省略不仅使句子更加紧凑，还能够突出句子的重点信息。如：

　　（4）主虽（是）市井人，然以予故，稍加培治。（《记游定惠院》）
　　（5）其下有人分，（戴）黄冠（穿）草履（披）葛衣而鼓琴。（《放鹤亭记》）
　　（6）尝试与公登台而望，（看到）其东则（是）秦穆之祈年、橐泉也，（看到）其南则（是）汉武之长杨、五柞，而其北则（是）隋之仁寿、唐之九成也。（《凌虚台记》）

　　例（4）"主虽市井人"中"虽"后省略了谓语"是"。省略是为了语句更简洁。例（5）"黄冠草屦"和"葛衣"省略了谓语，省略是为了使语句更简洁，还出于修辞的对仗的目的。例（6）"其东""其南"前面都省略了谓语，"则"后都省略了谓语，省略后的语句更简洁。

省略宾语。宾语是动词的接受者，但在某些情况下，为了简洁或者突出其他词语，可以省略宾语。这种省略不仅使句子更加简洁，还能够突出句子的主题和情感。如：

（7）时参寥独不饮（酒），以枣汤代之。（《记游定惠院》）

（8）君曰："吾厅事未有壁记。"乃集前人之姓名，以属于余。余未暇作（壁记）也。（《密州通判厅题名记》）

例（7）"参寥独不饮"后省略了宾语"酒"。例（8）"余未暇作"后省略了宾语"壁记"，为了使行文简洁。

省略介词。如：

（9）其论（于）盛孝章、郗鸿豫书，慨然有烈丈夫之风。（《乐全先生文集叙》）

有时同时省略多个词语或者句法成分。如：

（10）若人悟此，虽兵阵相接，（闻）鼓声如雷霆，进则死（于）敌，退则死（于）法，当甚么时，也不妨熟歇。（《记游松风亭》）

句中省略了介词和动词，补全后句意更好理解：听到战鼓声声，前进可能会死于杀敌，退后可能会死于军法处置。

省略句的使用，使得苏轼的散文更加精练、含蓄，给读者留下了更多的想象空间。同时，这种修辞手法也体现了苏轼作为文学巨匠的高超艺术造诣和对语言的精妙掌握。苏轼散文中省略句的运用不仅是为了简化语言、避免冗余和提高表达效率的需要，更是一种富有美学意义的修辞手法。通过省略某些句法成分，作者可以在有限的文字中传达出丰富的情感和思想内涵，使散文更加含蓄、深邃和引人入胜。这种省略不仅能够激发读者的想象力和创造力，还能够增强散文的艺术感染力和审美价值。

2. 倒装

倒装句是汉语中的一种特殊句式，这种句式通过颠倒词语的正常顺序，以达到强调、突出或修辞的效果。苏轼的散文中经常使用倒装句，主要有定语后置、状语后置、宾语前置、谓语前置等。

定语后置，就是定语在中心语之后。一种情况是如果定语本身较长或包含多个修饰成分，将定语放在名词之后，可以使句子更加清晰、易读。另一种情况是通过将定语放在名词之后，可以突出定语的重要性，强调其所描述对象的特征或属性。如：

(11) 遂自荆州路，舟次南浦，见妇人锦裆负罂而汲者，泽望而泣曰："吾不欲由此者，为是也。(《僧圆泽传》)

"妇人锦裆负罂而汲者"是定语后置，"锦裆负罂而汲"是"妇人"的定语，"者"是定语后置的标志。

(12) 纵一苇之所如，凌万顷之茫然。(《赤壁赋》)

"万顷之茫然"是定语后置，"茫然"置于中心词"万顷"之后，是为了突出江面的辽阔。

（13）儋耳鱼者渔于城南之陂，得鲫二十一尾，求售于东坡居士。（《书城北放鱼》）

"鲫二十一尾"是定语后置，"二十一尾"是"鲫"的定语。

状语后置，修饰谓语的状语位置在后。在现代汉语中，状语通常位于动词之前。然而，在古代汉语中，状语有时会被放置在动词之后，形成所谓的"状语后置"现象。如：

（14）既饮，往憩于尚氏之第。（《记游定惠院》）

状语后置的结构通常是将状语放在动词之后，用"于""以"等介词引导。"于尚氏之第"是状语后置。苏轼散文中状语后置的例子很多，不再赘述。

宾语前置，指宾语在句子中的位置位于动词之前。在疑问句中，为了强调疑问信息，宾语常常前置。在否定句中，为了加强否定语气，宾语有时也会前置。还有，在某些强调句中，为了突出宾语的重要性，宾语会前置。如：

（15）里老父教之曰："是医之罪，药之过也。子何疾之有！"（《盖公堂记》）

"何疾"是"有"的宾语，"何疾之有"即"有何疾"，是宾语前置。

（16）将去不忍，而彭城之父老亦莫余厌也，将买田于泗水之上而老焉。（《灵壁张氏园亭记》）

"余"是"厌"的宾语，"莫余厌"即"莫厌余"，是宾语前置。

（17）始吾少时，尝好此二者，家之所有，惟恐其失之，人之所有，惟恐其不吾予也。（《宝绘堂记》）

"吾"是"予"的宾语，"不吾予"即"不予吾"，是宾语前置。

（18）古之人不余欺也！（《石钟山记》）

"余"是"欺"的宾语，"不余欺"即"不欺余"，是宾语前置。

（19）余蜀人也。蜀之谚曰："学书者纸费，学医者人费。"此言虽小，可以喻大。（《墨宝堂记》）

"学书者纸费，学医者人费"中，"纸""人"作"费"的宾语，是宾语前置。

宾语前置现象主要是适应了汉语的语言习惯和语法规则，还有出于修辞方面的考虑，宾语前置可以加强语气、突出重点信息，从而增强语言的表达效果。

谓语前置，也可以叫作主谓倒装，将谓语置于主语之前，它打破了"主语—谓语"的常式句法结构。这种现象在古代汉语中并不罕见，它主要用于强调谓语所表达的动作或状态，或者出于修辞上的需要。谓语前置常用于表达强烈的情感或态度，如惊讶、赞叹、愤怒等。如：

（20）隐公追先君之志，而授国焉，可不谓仁乎？惜乎其不敏于智也。（《论鲁隐公里克李斯郑小同王允之》）

（21）苏子叹曰："异哉，是鼠之黠也。闭于橐中，橐坚而不可穴也。（《黠鼠赋》）

例（20）的主语"其不敏于智"与谓语"惜乎"倒装，谓语"惜乎"置于句首，表达了感叹的情感。例（21）的主语"是鼠之黠"与谓语"异哉"倒装，谓语"异哉"置于句首，表达了惊讶之情。这种倒装句式不仅能引起读者的注意，还能增强句子的语气。

倒装句的使用，不仅丰富了苏轼散文的句式结构，也增加了语言的节奏感和音乐性。同时，通过倒装，作者能够更好地表达自己的情感和观点，增强文章的感染力和说服力。

第四节　苏轼散文的辞格运用

修辞格是具有特定的构成方式和相应的表达效果的修饰方式。修辞格主要利用语音、词汇、文字等条件，使语言表达更加准确、生动。苏轼散文中运用较突出、极具特色的修辞格是比喻和排比，其他的辞格还有对偶、夸张、对照等。

一、比喻和排比

1. 比喻

苏轼的散文在比喻的运用上极具特色，他的比喻不仅贴切生动，而且富有诗意和哲理。他善于从日常生活中选取普通的事物或现象，通过巧妙的比喻手法，将其转化为富有艺术感染力的形象，使得整篇散文更加生动、形象、富有张力。

"思想的对象同另外的事物有了类似点，文章上就用那另外的事物来比拟这思想的对象的，名叫譬喻。"[1] 比喻，是本质不同的事物间具有相似点，用乙事物去描摹甲事物的修辞方式，比喻主要有明喻、暗喻、借喻三种基本形式。明喻的本体、喻体、喻词均出现，往往用"譬""如"等词语表明。如：

（1）慈湖陈氏草堂，瀑流出两山间，落于堂后，如悬布崩雪，如风中絮，如群鹤舞。（《陈氏草堂》）

（2）先生听然而笑曰："人生一世，如屈伸肘。"（《后杞菊赋》）

（3）适有孤鹤，横江东来，翅如车轮，玄裳缟衣，戛然长鸣，掠予舟而西也。（《后赤壁赋》）

（4）山上多老枳木，性瘦韧，筋脉呈露，如老人项颈。花白而圆，如大珠累累，香色皆不凡。（《记游定惠院》）

（5）譬之烟云之过眼，百鸟之感耳，岂不欣然接之？然去而不复念也。于是乎二物者常为吾乐，而不能为吾病。（《宝绘堂记》）

例（1）写瀑布崩泻，把水比作雪般飘洒，比作空中柳絮，比作仙鹤飞舞。例（2）把人生的一切比作肘臂的屈伸那么平常。例（3）把孤鹤翅膀比作车轮，说其体格庞大。例（4）把枳木的筋脉比作老人头颈，把花朵比作珍珠。例（5）把书画比作烟云、百鸟，遇到时欣然接受，消失后也不再记挂。写景、写物运用比喻，能够抓住事物的神韵。抒情或说理运用比喻，能够化抽象为形象。

暗喻，本体喻体出现，喻词不出现。如：

（6）四方之民，兽奔鸟窜，乞为囚虏之不暇，天下分裂，而唐室因以微矣。（《策别安万民五》）

（7）深山大泽，有天地之宝，无意于宝者得之。操舟于河，舟之逆顺，与

1　陈望道：《修辞学发凡》，上海：复旦大学出版社，2008年，第59页。

水之曲折，忘于水者见之。是故惟天下之至廉为能贪，惟天下之至静为能勇，惟天下之至信为能诈。何者？不役于利也。夫不役于利，则其见之也明。见之也明，则其发之也果。（《孙武论》）

例（6）本体是"四方之民"，喻体是"兽""鸟"，这里把百姓比作兽、鸟。例（7）本体是"不役于利，则其见之也明"的道理，喻体则是"无意于宝者得之""忘于水者见之"，譬喻说理生动形象地解释了抽象的道理。

借喻，本体和喻词均不出现，只有喻体。如：

（8）得异石，如鱼，肤温莹，作浅碧色。表里皆细银星，扣之铿然。（《天石砚铭》）

（9）堕此虫之计中，惊脱兔于处女。乌在其为智也？（《黠鼠赋》）

（10）畜之无害，暴鼠是除。（《却鼠刀铭》）

例（8）根据上下文可以推断，本体是石头外表和里层的斑点，喻体是细小的银星。例（9）根据上下文可以推断出本体是老鼠，这里把老鼠比作脱兔、处女，比喻其动作变化之大。例（10）根据上下文可以推断出暴鼠的本体是奸佞小人。

正所谓："喻巧而理至。"（《文心雕龙·论说》）巧妙的比喻有利于透彻地说理。苏轼擅长用譬喻来说理。如：

（11）始吾居乡，有病寒而咳者，问诸医，医以为蛊，不治且杀人。取其百金而治之，饮以蛊药，攻伐其肾肠，烧灼其体肤，禁切其饮食之美者。期月而百疾作，内热恶寒，而咳不已，累然真蛊者也。又求于医，医以为热，授之以寒药，旦朝吐之，暮夜下之，于是始不能食。……

昔之为国者亦然。……盖公为言治道贵清净而民自定，推此类具言之，参

于是避正堂以舍盖公，用其言而齐大治。其后以其所以治齐者治天下，天下至今称贤焉。(《盖公堂记》)

(12) 曷尝观于富人之稼乎？其田美而多，其食足而有余。……呜呼，吾子其去此而务学也哉。博观而约取，厚积而薄发，吾告子止于此矣。(《稼说》)

例 (11)《盖公堂记》第一段记叙了病人病急乱投医，听从了乡里老人的建议后病愈的事件，第二段就转到治国说理上，"昔之为国者亦然"。以治病事件来比喻治国之道，可谓以小见大。例 (12) 全文以譬喻开篇，通过讲述种庄稼之事来比喻治学之道，最后得出"博观而约取，厚积而薄发"的道理。以譬喻说理，浅显易懂，是苏轼散文中常用的组织篇章手段。

"他在风格上的大特色是比喻的丰富、新鲜和贴切。"[1]苏轼还善用博喻，就是连用三个或三个以上的喻体来描述一个事物的修辞方式。如：

(13) 方是时也，如醉而醒，如喑而鸣。如痿而起行，如还故乡初见父兄。(《秋阳赋》)

(14) 人心之于人主也，如木之有根，如灯之有膏，如鱼之有水，如农夫之有田，如商贾之有财。木无根则槁，灯无膏则灭，鱼无水则死，农夫无田则饥，商贾无财则贫，人主失人心则亡。(《上神宗皇帝书》)

例 (13) 用四个喻体来描述秋阳的温暖。例 (14) 博喻与对比的综合运用，不仅行文上有气势，更能生动形象地阐述人心的重要性。

苏轼的散文在比喻的运用上独具匠心，他的比喻不仅贴切生动，而且富有诗意和哲理。他善于从日常生活中选取普通的事物或现象，通过巧妙的比喻手

---

1 钱锺书：《宋诗选注》，北京：人民文学出版社，2016年，第69页。

法，将其转化为富有艺术感染力的形象，使得整篇散文更加生动、形象、富有张力。这些特点不仅体现了苏轼的文学才华和艺术创造力，也为中国古代散文的发展注入了新的活力和创意。

2. 排比

苏轼在《自评文》中言："吾文如万斛泉源，不择地而出。在平地滔滔汩汩，虽一日千里无难，及其与山石曲折，随物赋形，而不可知也。所可知者，常行于所当行，常止于不可不止，如是而已矣。"吴伟业认为："韩如潮，欧如澜，柳如江，苏其如海乎！"[1]苏轼散文如泉源，如海般气势浩大、汪洋恣肆，主要原因之一就是运用排比的修辞手法。排比是三个或三个以上结构相同或相似、语气一致、意思密切相关的句子成分或句子排列起来的修辞方式。苏轼散文中的排比的运用可以突出主题，强化情感，使文章更具说服力和感染力。如：

（15）其成之也难，故其败之也不易。其得之也重，故其失之也不轻。其合之也迟，故其散之也不速。（《物不可以苟合论》）

（16）水旱盗贼，人民流离，是安之而已也。乱臣割据，四分五裂，是伐之而已也。权臣专制，擅作威福，是诛之而已也。四夷交侵，边鄙不宁，是攘之而已也。凡此数者，其于害民蠹国，为不浅矣。（《策略一》）

（17）魏惠王畏秦，迁于大梁。楚昭王畏吴，迁于郢。顷襄王畏秦，迁于陈。考烈王畏秦，迁于寿春。皆不复振，有亡徵焉。东汉之末，董卓劫帝迁于长安，汉遂以亡。近世李景迁于豫章亦亡。吾故曰：周之失计，未有如东迁之缪者也。（《论周东迁》）

（18）盖有以诸侯强逼而至于亡者，周、唐是也。有以匹夫横行而至于亡者，秦是也。有以大臣执权而至于亡者，汉、魏是也。有以蛮夷内侵而至于亡者，二晋是也。（《策断一》）

---

1 吴伟业：《苏长公文集序》，转引自曾枣庄《苏文汇评》，成都：四川文艺出版社，2000年，第573页。

(19) 越王勾践，有君子六千人。魏无忌、齐田文、赵胜、黄歇、吕不韦，皆有客三千人。而田文招致任侠奸人六万家于薛。齐稷下谈者亦千人。魏文侯、燕昭王、太子丹，皆致客无数。下至秦、汉之间，张耳、陈馀号多士，宾客厮养，皆天下豪俊。而田横亦有士五百人。(《论养士》)

(20) 秦之衰也，时人莫不贪利而不仁，秦虽欲其仁，而不可得也，故秦亡。西汉之衰也，时人莫不柔懦而谨畏，故君臣相蒙，而至于危。东汉之衰也，时人莫不矫激而奋厉，故贤不肖不相容，以至于乱。(《应制举上两制书》)

(21) 后之君子，实则不至，而皆有侈心焉。臧武仲自以为圣，白圭自以为禹，司马长卿自以为相如，扬雄自以为孟轲，崔浩自以为子房，然世终莫之许也。由此观之，忠献公之贤于人也远矣。(《醉白堂记》)

例 (15) 运用排比的手法阐述了成败、得失、合散的辩证关系，强调善始善终的不易。例 (16) 以排比句式列举了害民蠹国的四大祸患，极言祸国殃民之深，句式整齐，增强了表达的气势。例 (17) 运用排比的手法列举了历史上迁都后亡国的例子，论述了周东迁的错误。例 (18) 运用排比的手法列出周、唐、秦、汉、魏、二晋的亡国原因，以此劝谏皇帝不要惧怕夷狄。例 (19) 运用排比的手法列出越王勾践、魏无忌、齐田文等十余人养士的情况，强调人才的重要性。例 (20) 通过排比的形式列举出秦、西汉、东汉衰亡的原因：贪利而不仁、柔懦而谨畏、矫激而奋厉。苏轼紧紧围绕观点列出论据，加大了说理的力度，有利于达到劝谏的目的。例 (21) 运用排比的手法列举五位自负、名浮于实的历史人物，以此来衬托韩琦贤明的品格。

苏轼还善于运用疑问句构成排比句式，加强语气，增强情感的表达力度。如：

(22) 先生听然而笑曰："人生一世，如屈伸肘。何者为贫？何者为富？何者为美？何者为陋？或糠覈而瓠肥，或粱肉而墨瘦。"(《后杞菊赋》)

苏轼运用排比句式发出贫富、美陋的疑问，论述人生短暂，终将归于一朽的哲理，表达其超然物外的人生态度，将自己的思想情感表达得淋漓尽致。

苏轼有时还把排比与比喻相结合，多角度地描绘自然景色。如：

（23）以告东坡居士曰："吾心皎然，如秋阳之明；吾气肃然，如秋阳之清；吾好善而欲成之，如秋阳之坚百谷；吾恶恶而欲刑之，如秋阳之陨群木。夫是以乐而赋之。子以为何如？"（《秋阳赋》）

苏轼运用排比句式，以心之明、气之清、好善而欲坚百谷、恶恶而欲陨群木来比拟秋阳无比的繁华和光芒万丈，将秋阳的美丽和神韵展现得气势万千。

排比手法用在说理上，分说、列举事物相关的事实或论据来论证观点和立场，增强了说理的形象性；排比手法用在写景、抒情上，多角度地描绘景物的各个方面，将景物描写得极具美感与情致，形式工整，节奏强劲，内涵深刻，增强了语气贯通、气势浩大的气势和效果。

苏轼散文中排比手法的运用十分灵活多样，不仅增强了文章的气势和节奏感，也使得表达更加有力、鲜明，展现了苏轼独特的思想感情和审美追求。

二、其他修辞格

1. 夸张

夸张是"故意夸大或缩小所表达对象的某些方面以强调或突出该对象的一种修辞方式。又称夸饰、扬厉、铺张、增语。"[1]夸张可以分为夸大夸张、缩小夸张、超前夸张三种方式。苏轼的散文中，夸张手法的运用也是其文学魅力的

---

[1] 谭学纯，濮侃，沈梦瓔：《汉语修辞格大辞典》，上海：上海辞书出版社，2010年，第147页。

重要组成部分。他善于通过夸张的手法，将事物的特征或情感推向极致，从而营造出一种独特的艺术效果。

苏轼的夸张常常体现在对自然景色的描绘上。他通过对自然景象的夸大，使得读者能够更加深入地感受到自然的壮丽和神秘。如：

（1）舞幽壑之潜蛟，泣孤舟之嫠妇。（《赤壁赋》）

（2）作输泻跳蹙之势，汹汹欲崩屋也。（《画水记》）

（3）尝与余临寿宁院水，作二十四幅，每夏日挂之高堂素壁，即阴风袭人，毛发为立。（《画水记》）

（4）嗟余生之褊迫，如脱兔其何因。殷诗肠之转雷，聊御饿以食陈。（《菜羹赋》）

（5）蚤作而占之，则长庚澹澹其不芒矣。浴于旸谷，升于扶桑。曾未转盼，而倒景飞于屋梁矣。（《秋阳赋》）

（6）尽三江于一吸，吞鱼龙之神奸。醉梦纷纭，始如髦蛮。（《洞庭春色赋》）

例（1）夸张的手法突出了客人所奏的箫声的悲恸之情，同时也使得读者仿佛看到了深潭中潜伏的蛟龙起舞，船上被抛弃的妇女哭泣的凄凉景象。例（2）运用夸张的手法写水奔腾跳跃，仿佛要使房屋崩塌一样，突出水量之大。例（3）夸张的手法突出了画中水给人带来的震撼。例（4）"殷诗肠之转雷"，运用了夸大的手法，形容肚子饿的肠鸣声像雷声一样大。例（5）"曾未转盼，而倒景飞于屋梁矣"是一种时间上的超前夸张，上文说金星淡淡的、不闪烁光芒了，太阳将要升起，这一句说还没回过神，太阳的光芒已经照到屋梁之上了，强调阳光普照的速度之快。夸张用于对事物的描绘上，使得读者能够更加生动地感受到事物的特征。例（6）夸大了"一吸"，形容口极大，一口豪饮吸尽了三江之水，吞掉了大江中的鱼龙和神鬼。

苏轼散文中夸张手法的运用非常广泛，他通过对自然景色、人物情感及事物特征的夸大，营造出一种独特的艺术效果，使得读者能够更加深入地感受到文章的魅力和深度。

2. 比拟

比拟是"融入特定的情感，将对象加以错位描写，或将物当作人来写，或将人当作物来写，或将此物当作彼物来写，以引起某种联想，表达鲜明情感倾向的一种修辞方式"[1]。比拟可以分为拟人和拟物两类。拟人是"临时赋予物以人的动作、情感、品格等特征，将物当作人来写的一种修辞方式"。拟物是"将人当作物来写或将此物当作彼物来写的一种修辞方式"[2]。

苏轼的散文在比拟的运用上也表现得非常出色。他善于通过比拟手法，将事物或现象描写得形象生动，又富有哲理意味。如：

（7）见山之出于林木之上者，累累如人之旅行于墙外而见其髻也。（《凌虚台记》）

（8）然与可独能得君之深，而知君之所以贤。雍容谈笑，挥洒奋迅而尽君之德。稚壮枯老之容，披折偃仰之势。风雪凌厉以观其操，崖石荦确以致其节。（《墨君堂记》）

（9）又有若老人咳且笑于山谷中者，或曰，此鹳鹤也。（《石钟山记》）

（10）蜀江远来兮，浩漫漫之平沙。行千里而未尝龃龉兮，其意骄逞而不可摧。（《滟滪堆赋》）

例（7）运用了拟物的手法，也就是"将此物当彼物来写"，将山峰高出树林之上的景象比作人在墙外行走而看见的发髻形状。这里也有比喻手法的运用，

---

1 谭学纯，濮侃，沈梦璎：《汉语修辞格大辞典》，上海：上海辞书出版社，2010年，第3页。

2 谭学纯，濮侃，沈梦璎：《汉语修辞格大辞典》，上海：上海辞书出版社，2010年，第166页。

这种比拟和比喻相结合的手法将景物描绘得更加形象生动。例（8）运用了拟人的手法，把竹当作人来写，亲切地称呼其"君"，文与可爱竹，竹也似人。对竹的描写既生动又具有哲理意味。例（9）运用了拟人的手法，把鹳鹤比作老人，突出鹳鹤叫声，渲染了环境的凄厉怪异。例（10）运用了拟人的手法，将蜀江之水比作骄逸而不可摧折的得志之士，突出水势浩大。它同时也揭示了人们看待事物时容易陷入片面和局限的思维方式。

苏轼的散文在比拟的运用上展现了独特的艺术魅力，体现了苏轼对于自然景象的深刻体悟。他善于运用比拟手法，将不同的事物或现象进行巧妙的对比和联系，从而表达出深刻的哲理或情感。这种比拟不仅增强了文章的形象性和感染力，也使得读者能够更深入地理解和领会文章的主旨。

3. 对偶

对偶是"使用两个字数相等、结构相同或相似的短语或句子表达相关或相反语意的一种修辞方式。又称对仗、俪辞（或写作"丽辞"）、骈俪。"[1]

（11）臣闻天子者，以其一身寄之乎巍巍之上，以其一心运之乎茫茫之中，安而为太山，危而为累卵，其间不容毫厘。（《策略五》）

（12）稚壮枯老之容，披折偃仰之势。风雪凌厉以观其操，崖石荦确以致其节。得志，遂茂而不骄；不得志，瘁瘁而不辱。群居不倚，独立不惧。（《墨君堂记》）

（13）夫武夫谋臣，譬之药石，可以伐病，而不可以养生。儒者譬之五谷，可以养生，而不可以伐病。（《儒者可与守成论》）

（14）结袜廷中，观廷尉之度量；脱靴殿上，夸谪仙之敏捷。阳醉遏地，常陋王式之祸；乌歌仰天，每讥杨恽之狭。我欲眠而君且去，有客何嫌；人皆劝而我不闻，其谁敢接。（《浊醪有妙理赋》）

---

1 谭学纯，濮侃，沈梦璎：《汉语修辞格大辞典》，上海：上海辞书出版社，2010年，第47页。

例（11）运用对偶的手法，"身"与"心"相对，"安"与"危"相对，论说天子之危。例（12）每两句都运用了对偶的手法，赞扬了竹高洁的情操。例（13）运用对偶、比喻的手法论述"武夫谋臣"与"儒者"各有优势和劣势。例（14）运用对偶的手法表达陶然微醉的逍遥快乐。"言对为美，贵在精巧；事对所先，务在允当。"[1]描摹事物，议论说理，苏轼擅长选择恰当妥帖的对象来构建对偶，使得表达更加精妙，达到了"精巧""允当"的效果。

对偶可以使说理更加具有深度和内涵。通过词语、句子的对称，对偶使得文章在形式上更加和谐、优美，读起来更加悦耳动听。在苏轼的散文中，对偶的运用使得文章节奏鲜明，韵律感强，给人以美的享受。

4. 对比

对比是把两种不同事物或者同一事物的两个方面放在一起相互比较的一种修辞方式，又称对照。对比分为两体对比和一体两面对比两类。两体对比，用于相对或相反的事物之间的比较。如：

（15）寄蜉蝣于天地，渺沧海之一粟。哀吾生之须臾，羡长江之无穷。（《赤壁赋》）

（16）或糠覈而瓠肥，或粱肉而墨瘦。（《后杞菊赋》）

例（15）把"蜉蝣"与"天地"、"沧海"与"一粟"、"吾生"与"长江"相比较，感慨在茫茫宇宙中人类的生命犹如蜉蝣粟米般短暂、渺小。例（16）把吃粗糠长得白白胖胖的人与吃山珍海味却长得很瘦的人作比较，表达自己对饮食的不在意。

一体两面对比，是同一事物两个不同方面的比较。如：

---

1 刘勰著，王志彬译注：《文心雕龙》，北京：中华书局，2012年，第407页。

（17）今者治平之日久，天下之人骄惰脆弱，如妇人孺子不出于闺门，论战斗之事，则缩颈而股栗，闻盗贼之名，则掩耳而不愿听。（《教战守策》）

（18）始余丙申岁举进士，过扶风，求舍于馆人，既入，不可居而出，次于逆旅。其后六年，为府从事。至数日，谒客于馆，视客之所居，与其凡所资用，如官府，如庙观，如数世富人宅，四方之至者，如归其家，皆乐而忘去。（《凤鸣驿记》）

例（17）把现今天下人讨论战事心生惧意和听说盗贼之事掩耳盗铃的反应相比较，批判民众在太平之世的骄惰脆弱。例（18）把凤鸣驿六年前后的状况进行对比，为后文勤政怠政的论述作铺垫。

对比在散文中的运用能更深入地抓住事物的本质和事件的主要矛盾，鲜明地突出主题，深化思想，增强文章的表现力和感染力。

5. 借代

苏轼的散文中，借代手法也常被巧妙地运用。借代是指通过用一个事物或概念来代替另一个相关的事物或概念，从而达到更加形象、生动的表达效果。

（19）虽有百袁盎，可得而间哉。（《晁错论》）

（20）方其破荆州，下江陵，顺流而东也，舳舻千里，旌旗蔽空，酾酒临江，横槊赋诗，固一世之雄也，而今安在哉？（《赤壁赋》）

（21）以谓古者于旅也语，而君子会友以文，爰赋笔札，以侑樽俎。（《徐州鹿鸣燕赋诗叙》）

例（19）以专名代泛称。袁盎，是一个进谗言的小人，代指谗人。例（20）以部分代整体，以舳舻指代战船。例（21）以部分代整体，樽俎，指盛放酒食的器皿，代指宴席。

苏轼在散文中运用借代手法时，往往能突出事物特征，语言简洁含蓄。

6. 顶真

顶真，又称"顶针""联珠""蝉联"，指上句的结尾与下句的开头使用相同的字或词，用以修饰句子的声韵的修辞方式。这种手法在苏轼的散文中得到了很好的体现，使得文章在结构上更加紧凑，语义上更加连贯，同时也增强了文章的韵律美。如：

（22）余以为有足书者，乃书曰：古之君子不择居而安，安则乐，乐则喜从事，使人皆喜从事，则天下何足治欤。（《凤鸣驿记》）

（23）一雨三日，繄谁之力。民曰太守，太守不有。归之天子，天子曰不然。归之造物，造物不自以为功。归之太空，太空冥冥。不可得而名，吾以名吾亭。（《喜雨亭记》）

例（22）运用顶真手法，说理严密，条理清晰。例（23）运用顶真手法，句子紧密连贯，语意流畅，吸引读者想要探究的注意力，最终落到亭子的命名上，与文题和首段构成呼应。

7. 通感

通感，是指"在表达中将人们的各种感官感觉（视觉、听觉、味觉、嗅觉、触觉等）相互沟通连接起来，把一种感官感觉转移到其他感官感觉上，从而在多种感官感觉中共同描绘同一表达对象，使其丰富生动的修辞方式。由于通感是感觉间的移动，所以又称移觉。"[1]。苏轼也擅长在散文中构建通感表达。如：

（24）百卉甘辛角芳馨，旃檀沈水乃公卿。（《桂酒颂》）

（25）味盎盎其春融兮，气凛冽而秋凄。（《酒子赋》）

---

1 谭学纯，濮侃，沈梦璎：《汉语修辞格大辞典》，上海：上海辞书出版社，2010年，第226页。

（26）竹寒而秀，木瘠而寿，石丑而文，是为三益之友。（《文与可画赞》）

例（24）花卉的"芳馨"是嗅觉的体验，"甘""辛"是味觉，是嗅觉、味觉的挪移。例（25）以春意融融来形容酒的味道，是触觉和味觉的沟通。例（26）"寒"是触觉的体验，"秀"是视觉的感受，对竹的描写运用了触觉和视觉的沟通。

苏轼的散文巧妙地运用通感手法，将视觉、听觉、嗅觉、味觉和触觉等不同的感官体验相互交织，使得散文的描述更加生动、形象，给读者带来全方位的感官享受。这种通感手法的运用不仅展现了苏轼卓越的文学才华和艺术创造力，也为中国古代散文的发展注入了新的活力和创意。

8. 互文

互文，又称"互文见义"，是指通过两个或两个以上的句子或词语相互呼应、相互补充，从而表达完整意义的一种修辞手法。

（27）雨雪之朝，风月之夕，余未尝不在，客未尝不从。（《超然台记》）
（28）菌衣生于用器，蛙蚓行于几席。（《秋阳赋》）

例（27）运用了互文手法的语句应该合在一起理解，这里指无论是清晨还是夜晚，不管下雨、下雪还是刮风，有没有明月，我有时间就会登上超然台游玩，而客人只要有时间也必会跟从。例（28）运用了互文手法，应该理解为器具、桌子和炕席上都长了霉，青蛙和蚯蚓跑到器具、桌子和炕席上。互文手法可以起到意义上的互补和深化的作用。

第五节　苏轼散文的篇章修辞

篇章修辞就是作家在一定思想题旨的统率下遣词构句、组章成篇的语言运用技巧，探讨篇章结构技法的修辞展现，就是篇章修辞的主要内容。[1]本节主要从篇章结构模式和篇章组织手段两个方面探究苏轼散文的篇章修辞问题，主要分析苏轼散文的多种篇章结构方式的修辞表现及篇章连贯的衔接与照应手段。

一、苏轼散文的篇章结构模式

苏轼的散文结构布局独具匠心，遵循着清晰而富有变化的模式。苏轼会根据内容、体裁的不同采用相应的结构模式，将写景、叙事、议论、抒情等表达方式随意驱遣，使得文章呈现姿态横生的效果。

苏轼散文的标题多明朗显豁，点明主要内容。不同文体的标题有不同的修辞特点。记体散文以所记地名为标题，如《赤壁赋》《喜雨亭记》《超然亭记》《石钟山记》等。论说文以论点、主旨为标题，如《礼义信足以成德论》《留侯论》《论周平王东迁》《王者不制夷狄论》《刑赏忠厚之至论》等。抒情性文章以作文目的为题，如《祭欧阳文忠公文》《黄州再祭文与可文》等。

苏轼散文采取开门见山式、设问自答式、譬喻说理式开头，直扣文章主题，简明扼要。如：

（1）夷狄不可以中国之治治也，譬若禽兽然，求其大治，必至于大乱。先王知其然，是故以不治治之。治之以不治者，乃所以深治之也。（《王者不制夷

1　戴锡琦，戴金波：《古诗文修辞艺术概观》，北京：首都师范大学出版社，1994年，第178页。

狄论》）

（2）古之所谓豪杰之士者，必有过人之节。人情有所不能忍者，匹夫见辱，拔剑而起，挺身而斗，此不足为勇也。天下有大勇者，卒然临之而不惊，无故加之而不怒。此其所挟持者甚大，而其志甚远也。（《留侯论》）

（3）世之所谓智者，知天下之利害，而审乎计之得失，如斯而已矣。此其为智犹有所穷。唯见天下之利而为之，唯其害而不为，则是有时而穷焉，亦不能尽天下之利。（《魏武帝论》）

（4）夫当今生民之患，果安在哉？在于知安而不知危，能逸而不能劳，此其患不见于今，将见于他日。今不为之计，其后将有所不可救者。（《策别安万民五》）

（5）学者以成佛为难乎？累土画沙，童子戏也，皆足以成佛。以为易乎？受记得道，如菩萨大弟子，皆不任问疾。是义安在？方其迷乱颠倒流浪苦海之中，一念正真，万法皆具。及其勤苦功用，为山九仞之后，毫厘差失，千劫不复。呜呼，道固如是也，岂独佛乎！（《南华长老题名记》）

（6）曷尝观于富人之稼乎？其田美而多，其食足而有余。其田美而多，则可以更休，而地方得完。其食足而有余，则种之常不后时，而敛之常及其熟。故富人之稼常美，少秕而多实，久藏而不腐。……呜呼，吾子其去此而务学也哉。博观而约取，厚积而薄发，吾告子止于此矣。（《稼说》）

（7）黄州定惠院东小山上，有海棠一株，特繁茂。每岁盛开，必携客置酒，已五醉其下矣。（《记游定慧院》）

例（1）文章开头就点出中心论点："夷狄不可以中国之治治也。"例（2）文章开头开宗明义亮出了文眼："天下有大勇者，卒然临之而不惊，无故加之而不怒。此其所挟持者甚大，而其志甚远也。"例（3）文章开头就点出中心论点："世之所谓智者，知天下之利害，而审乎计之得失，如斯而已矣。"例（4）文章开头设问自答，引发读者思考生民之患的问题所在。例（5）文章以设问开头探讨了成佛的难易问题，最后点出"道固如是也，岂独佛乎"的论点。例（6）文章以譬喻开篇，以种庄稼之事来阐明"博观而约取，厚积而薄发"的治学之道。例（7）《记游定慧院》是游记散文，文章开门见山地点出地点、时间、人物、事件。

苏轼散文采取卒章显志式、问句作结式结尾，或总结全文，或言有尽而意无穷，或点明、深化主题。如：

（8）"夫台犹不足恃以长久，而况于人事之得丧，忽往而忽来者欤？而或者欲以夸世而自足，则过矣。盖世有足恃者，而不在乎台之存亡也。"既已言于公，退而为之记。（《凌虚台记》）

（9）事不目见耳闻，而臆断其有无，可乎？郦元之所见闻，殆与余同，而言之不详。士大夫终不肯以小舟夜泊绝壁之下，故莫能知。而渔工水师，虽知而不能言。此世所以不传也。而陋者乃以斧斤考击而求之，自以为得其实。余是以记之，盖叹郦元之简，而笑李渤之陋也。（《石钟山记》）

（10）或以谓余，凡有物必归于尽，而特形以为固者，尤不可长，虽金石之坚，俄而变坏，至于功名文章，其传世垂后，乃为差久，今乃以此托于彼，是久存者反求助于速坏。（《墨妙亭记》）

（11）余闻光、黄间多异人，往往阳狂垢污，不可得而见，方山子傥见之与？（《方山子传》）

（12）时参寥独不饮，以枣汤代之。（《记游定惠院》）

（13）太史公疑子房以为魁梧奇伟，而其状貌乃如妇人女子，不称其志气。呜呼，此其所以为子房欤！（《留侯论》）

例（8）文章结尾以"夫台犹不足恃以长久，而况于人事之得丧，忽往而忽来者欤"的议论句阐述兴废成毁的自然之理。例（9）文章最后阐述了事物不可主观臆断的道理，以"叹郦元之简，而笑李渤之陋"为结尾，与前文呼应，增强了文章结构的完整性和思想的逻辑性。例（10）以文章结尾"凡有物必归于尽"点出事物的存在不会长久的主旨，认为"功名文章，其传世垂后"，可谓画龙点睛。例（11）作者在文章结尾说自己没有见过假装疯癫、衣衫破旧的奇人异士，方山子或许能遇见他们吧。这种带有疑问的揣测，意并不在于是否得见，而是表达对隐士的向往，是作者归隐心态的折射。问句作结式结尾发人深省，无须回答，文章虽已经结束，却有余音绕梁之效果。例（12）文章结尾不同于传统的"援笔为记"，而是另起头绪，述说参寥之事，类似于附记。例（13）以感叹作结，以张良"状貌乃如妇人女子"反衬其志气奇伟，赞叹之情溢于言表，令读者回味再三。

苏轼在《自评文》中言："吾文如万斛泉源，不择地而出。在平地滔滔汩汩，虽一日千里无难，及其与山石曲折，随物赋形，而不可知也。所可知者，常行于所当行，常止于不可不止，如是而已矣。"又《答谢民师推官书》言："所示书教及诗赋杂文，观之熟矣。大略如行云流水，初无定质，但常行于所当行，常止于所不可不止，文理自然，姿态横生。"苏轼作文"随物赋形"，行止自如，在谋篇上注重结构与布局，往往以表明题旨的语句突出中心，组织语篇时讲求段落内及段落之间的脉络与层次，文章的开头、结尾常常有显性或隐性的照应关系，力求达到自然而有条理的衔接与连贯，体现"文理自然，姿态横生"的特点。苏轼散文的文体类别不同，篇章结构的组织方式也不同。记体文章以时空为顺序，以情节和线索组织篇章，论体文章按照逻辑顺序组织篇章。应用类文章则按照交际目的的需要组织篇章。苏轼散文一般采用层进式、并列式、总分式的单一式结构方式或者两者结合的复合式结构方式来组织篇章。

苏轼的说理文自然流畅又跌宕起伏。如《教战守策》采用层进式结构方式，论证严密，说理精辟。文章以设问引出"在于知安而不知危，能逸而不能劳"的中心论点，然后从古今对比、分析当时天下形势的角度层层深入，进而驳斥了"天下久已无事，变故无从发生"的错误观点，提出了教民以战的具体措施，结尾处针砭时弊，再次强调教民以战的重要性。又如《刑赏忠厚之至论》是层进式结构，苏轼在文章开头通过援引古代圣王在刑赏方面的行事，表明了他们处理政事是以忠厚为标准。这种开篇切入史事的方式，为后文的主题论述做了铺垫。苏轼以对话的形式杜撰了尧和皋陶及其他大臣决断政事的小故事，以此展示尧作为一代圣王的忠厚品质和仁政原则。这种讲历史段子的方式，增加了文章的趣味性，同时也有助于导出主题。在论述了尧的忠厚品质后，苏轼引用《尚书》的语句，从仁和义的角度正反两面进行论述。他强调，先王之所以用仁爱之心对待天下，是因为总有一些人和事是爵禄和刑具所施加不到的。这一部分的论证严密，充分展示了苏轼的思辨能力。在文章的结尾部分，苏轼引用《诗经》里的诗句来展示自己的情怀。他认为，帝王如果善于纳谏，就可以止乱；如果嫉恶如仇，也可以止乱。这部分内容实际上是对全文的总结，也是苏轼对忠厚之至的理念的最终阐述。《刑赏忠厚之至论》的论证结构非常紧密和完整，从引论、本论到结论，层层递进，逻辑清晰。《超然亭记》也是层层深入式的结构模式。文章以一段议论开端，点明主旨"游于物外"，然后逐层深入，通过叙述建亭经过、命名缘由等情节，引出"安往而不乐"的超然之意。全文由事及景，虚实相生，收发自如。这种结构模式以议论为引导，层层深入，逐步展开，使得文章逻辑严密，条理清晰。

苏轼的记体散文是其散文中最具特色的，挥洒自如，摇曳多姿，写景、叙事、议论、抒情融为一体，结构布局变化多端。《醉白堂记》采用并列式结构，并未描写醉白堂的景致，而是以韩琦的醉白堂命名取自白居易《池上》诗为引，对韩琦与白居易的优劣进行了对比评论，颂赞了韩琦功勋卓著而谦虚谨慎的态度。《凤鸣驿记》采用层进式结构，开头叙述了太守修缮驿站的事情，由事及理，引出做人做事的道理："躁则妄，惰则废，既妄且废，则天下之所以不治者，常出于此。"苏轼运用对比论证的方法，以小见大，阐发了自己的治事观、人生观。《众妙堂记》采用层进式结构方式，主要记叙了一个梦，通过梦中人物的对话来揭示"众妙"二字的抽象含义。寓实于虚，层层推进，既天马行空又生动形象。《凌虚台记》是叙议结合式的结构模式。文章起笔入题写筑台缘起，再写经过和命名作记，然后引出"兴废成毁"的议论，阐明台殿人事都"不足恃以长久"的道理。全文先叙事后议论，由实入虚，层次井然。这种结构模式以叙事为基础，以议论为点睛之笔，使得文章既有生动的叙述，又有深刻的思考。在苏轼的游记散文中，《喜雨亭记》采用了以时间为线索，纵横交错式的组篇方式。文章开篇破题，点明主题，然后叙述建亭适成、喜逢天降甘霖等情节，再通过设主客问答、行歌唱和等形式，突出"喜雨"之意，表达了作者关心稼耕、与民同乐的思想。全文有叙述，有对话，有歌咏，笔态轻盈荡漾，从容有致。这种结构模式以时间为线索，纵横交错，灵活多变，使得文章富有层次感和立体感。《灵壁张氏园亭记》则采用了以游览为主线，叙议相结合的结构模式。文章首先叙述园亭的地点、方位与景色，然后介绍园亭的筑成与增修扩建过程，接着突然斜插入一段议论，引出张氏的先人考虑长远而周到的事迹。全文夹叙夹议，开合有度，跌宕有致。这种结构模式以游览为主线，叙事与议论相结合，使得文章既有游览的趣味性，又有思考的深度。

　　苏轼的文赋的主要特点就是突破了以往文体形式上的束缚，着意突出作者的"意"，文章随意驱遣，变化多姿。如《秋阳赋》采用层进式结构，文章仿照汉赋的形式，通过越王之孙贤公子与东坡居士的对话引出了秋阳的主题，接着，苏轼运用比喻、夸张等修辞手法，通过写不同境遇的人对秋阳的感受，将秋阳的美丽、温暖、明亮等特点展现得淋漓尽致。同时，苏轼还通过对秋阳的描绘，传达了自己对人生的独特体悟。在文章结尾，苏轼通过对秋阳的赞美和感慨，总结了全文的主旨。《秋阳赋》的文章结构紧凑、逻辑清晰，将秋阳的美丽和内涵展现得淋漓尽致，呈现出汪洋恣肆之姿。又如《沉香山子赋》采用层进式结构，文章开头，苏轼先以古人对香料的崇尚为引子，引出了沉香这一珍贵的香料。接着，他通过对沉香山子的描绘，将其美丽、香气浓郁的特点展现得淋漓尽致。苏轼用生动的比喻和形象的描写，将沉香山子比作"金坚而玉润，亦鹤骨而龙筋"，赞美其品质高贵、形态优美。他也通过对比占城之枯朽与沉香山子的超然不群，暗示了人生中应该追求内在的品质和精神境界的提升。再如《快哉此风赋》采用总分式结构，开篇通过"贤者之乐，快哉此风"直接点出"快哉此风"的主题，接着苏轼运用用典、比喻的手法，对"快哉此风"进行了全面而深入的描绘和阐述，进一步突出了"快哉此风"的独特魅力。《赤壁赋》和《后赤壁赋》采用层进式结构方式并有所创新。两篇赋文虽然描绘的季节不同，但都以赤壁的景色为载体。前赋描绘了初秋的江上夜景，后赋则主要写江岸上的活动，时间也移至孟冬。两篇文章均以"赋"这种文体写记游散文，都采用了主客问答、抑客伸主的传统格局，又都进行了创新。相对于传统的"他者观点—作者观点—二者统一"的"反—正—合"模式，《赤壁赋》是"主问—客答—客述—主驳—客服"的模式，《后赤壁赋》则是"客问—主问—不答为答"的模式，结构上有了拓展与创新。《赤壁赋》和《后赤壁赋》在文章结构上既有相似之处也有明显的差异，它们都以赤壁为主题，展现了苏轼对自然和人生的深刻思考，但前赋更注重谈玄说理和对秋季景色的描绘，后赋则更注重叙事写景和对孟冬时节的风光展现。

苏轼的应用文体也讲究谋篇布局，如碑铭文《表忠观碑》采用层进式结构方式，结构严谨，姿态自如。苏轼在开头全文转录了赵汴的奏状，主要是对所要建立表忠观的背景和原因的详细叙述，为后文的铭文提供了背景和事实依据。赵汴的奏状详细描述了吴越国三代钱王的历史事迹、忠诚于国家的表现，以及他们为国家和人民作出的贡献。通过转录赵汴的奏状，苏轼为后文的铭文奠定了坚实的基础，使得整篇碑文具有完整性和连贯性。接着是苏轼亲自撰写的铭文，这是碑文的核心部分，展现出苏轼对碑文主题的深刻思考和高度概括。铭文包括对吴越国三代钱王的高度评价、对他们忠诚品质的赞美，以及对他们历史地位的确认。《表忠观碑》的文章结构清晰明了，具有逻辑性和条理性，这种结构安排使得整篇碑文既有历史深度，又有文学魅力。

苏轼的散文篇章结构模式灵活多变，不拘一格。他善于根据主题和内容的需要，采用不同的篇章结构方式，使文章既有生动的叙述，又有深刻的思考；既有层次感和立体感，又有趣味性和深度。这种灵活多变的篇章结构模式也是苏轼散文独具魅力的原因之一。对苏轼部分散文中的篇章组织模式的分析，只是管中窥豹，并不能完全概括他作文的篇章布局与安排。更何况，苏轼作文随机应变，从不拘泥于形式。

二、苏轼散文的篇章组织手段

篇章组织是散文创作中不可或缺的一部分，它涉及文章的整体架构、段落安排及各部分之间的逻辑关系。苏轼在散文创作中，运用了多种篇章组织手段，使得其作品既具有严谨的结构，又富有艺术性和感染力。

刘勰《文心雕龙·附会》谓："何谓附会？谓总文理，统首尾，定与夺，合涯际，弥纶一篇，使杂而不越者也。"[1]这段话所说的"总文理"，就是总揽全篇的内容条理，使文意表达清晰明了；"统首尾"是指首尾相援，上下相连；"定与夺"指要根据内容表达的需要对材料、章句进行取舍；"合涯际"指文章的各个部分要衔接紧密、连贯顺畅。作文命意谋篇时要有文章的整体意识，把四个方面都兼顾到、处理好，做到文章内容与形式的连贯统一，达到"弥纶一篇，使杂而不越者也"的效果。写文章要切合题旨，文章的主题统率着文章的结构，因此谋篇要讲求层次与条理，遵循一定的顺序，比如时空顺序和事理逻辑顺序。衔接与照应是能够使文章各部分紧密相连，形成一个有机整体的重要手段。苏轼在散文创作中，按照时间、空间、逻辑的顺序衔接、照应，使文章层次分明，

1　刘勰著，王志彬译注：《文心雕龙》，北京：中华书局，2012年，第478页。

条理清晰。

作文章会根据主题、内容的要求来对文章的结构和层次做安排。文章分几层意思来写，如何分段，如何选取、剪裁材料，如何安排材料的先后顺序，如何安排详略，以及文章要如何开头、结尾，中间如何过渡，前后如何照应，如何保证篇章的衔接与连贯，这些都是作文章时布局谋篇所要考虑的篇章组织问题。苏轼散文做到了层次分明，条理清晰，详略得当，照应周到，联系紧密，使篇章形成了一个完美的有机整体。

篇章的衔接涉及文章内部各句子之间、各段落之间的逻辑关系和连接手段。苏轼散文通过各种词汇衔接、语法衔接的手段，使文章在逻辑上更加严密，情感上更加连贯。

词语的重复是篇章衔接的重要手段。如：

（1）观夫高祖之所以胜，而项籍之所以败者，在能忍与不能忍之间而已矣。项籍唯不能忍，是以百战百胜而轻用其锋。高祖忍之，养其全锋而待其弊。此子房教之也。当淮阴破齐而欲自王，高祖发怒，见于词色。由此观之，犹有刚强不忍之气，非子房其谁全之。（《留侯论》）

段落紧扣"忍"论说，衔接高祖和项籍的论据，进行对比论证：项羽不能忍则败，刘邦能忍则胜，因此，得出结论：胜败在于能忍与否。

苏轼散文中用以衔接转换的词语，以虚词居多，如：而、则、于是、若乃、既而、且夫、至如、若夫、至于、已而等。如：

（2）世人之所共嗜者，美饮食，华衣服，好声色而已。有人焉，自以为高而笑之，弹琴弈棋，蓄古法书图画，客至，出而夸观之，自以为至矣。则又有笑之者曰：古之人所以自表见于后世者，以有言语文章也，是恶足好？而豪杰之士，又相与笑之。以为士当以功名闻于世，若乃施之空言，而不见于行事，此不得已者之所为也。而其所谓功名者，自知效一官，等而上之，至于伊、吕、稷、契之所营，刘、项、汤、武之所争，极矣。而或者犹未免乎笑，曰：是区区者曾何足言，而许由辞之以为难，孔丘知之以为博。由此言之，世之相笑，岂有既乎？（《墨宝堂记》）

段落紧扣一个"笑"字展开论述，"则""而""若乃"都是连词，起到衔接作用。爱好琴棋书画的人自以为高明，嘲笑那些喜好声色的平庸之辈，接着以"则"作为转折，引出爱好琴棋书画的人被喜好文章的人嘲笑。又接着以"而"作为转折，引出豪杰之士对好文者不以为然，"若乃"表让步，认为士人只说空话，而不能表现在行动上的做法，是不得已才那样做的。再用"而"作为转折，追求功名的人们，即使能够像刘、项、汤、武一样掌管天下，但是他们竟依然无法避免他人的嘲笑。继续以"而"作为转折，在许由和孔子看来，这些功名不过过眼云烟，不值一提。苏轼在论述上层层深入，对所有的偏见与短识进行了否定。衔接词语的运用使得文章的论述层次分明，环环相扣，逻辑性和连贯性都很强。

苏轼散文运用句子进行衔接。如：

（3）象犀珠玉怪珍之物，有悦于人之耳目，而不适于用。金石草木丝麻五谷六材，有适于用，而用之则弊，取之则竭。悦于人之耳目而适于用，用之而不弊，取之而不竭，贤不肖之所得，各因其才，仁智之所见，各随其分，才分不同，而求无不获者，惟书乎！

<u>自孔子圣人，其学必始于观书。</u>当是时，惟周之柱下史老聃为多书。韩宣子适鲁，然后见《易象》与《鲁春秋》。季札聘于上国，然后得闻《诗》之风、雅、颂。而楚独有左史倚相，能读《三坟》《五典》《八索》《九丘》。士之生于是时，得见《六经》者盖无几，其学可谓难矣。而皆习于礼乐，深于道德，非

后世君子所及。自秦、汉以来，作者益众，纸与字画日趋于简便，而书益多，士莫不有，然学者益以苟简，何哉？余犹及见老儒先生，自言其少时，欲求《史记》《汉书》而不可得，幸而得之，皆手自书，日夜诵读，惟恐不及。近岁市人转相摹刻诸子百家之书，日传万纸，学者之于书，多且易致如此，其文词学术，当倍蓰于昔人，而后生科举之士，皆束书不观，游谈无根，此又何也？（《李氏山房藏书记》）

"自孔子圣人，其学必始于观书"这句话起着承上启下的作用，承接第一段论述书的宝贵，引起后面的论述，孔子时代求书难，但是学子们学习很好。

苏轼散文运用段落进行衔接。如：

（4）昔者常怪李斯事荀卿，既而焚灭其书，大变古先圣王之法，于其师之道，不啻若寇雠。及今观荀卿之书，然后知李斯之所以事秦者皆出于荀卿，而不足怪也。（《荀卿论》）

这篇文章论荀卿，文章的前面两段却宕开主题，主要记述自己读《孔子世家》的感受，认为孔子的著作通俗易懂、直截了当。例（4）的主要内容是作者以往对李斯事荀卿却焚灭荀卿之书与老师背道而驰的事情感到奇怪，如今却不觉得奇怪。这段前后态度的转变，既承接上文内容，也为下文继续论述荀卿的言行作铺垫。

苏轼散文运用辞格统章领层，组建篇章。比如，苏轼《黄甘陆吉传》运用比拟的手法为柑桔作传。苏轼将柑与桔比作黄甘、陆吉两位隐士，二人为了谁的功劳更大而展开辩论，最终黄甘承认甘拜下风，黄甘、陆吉分别被封为穰侯、下邳侯，穰侯遂废不显，而下邳以美汤药，官至陈州治平。苏轼在文章结尾评论："女无好丑，入宫见嫉，士无贤不肖，入朝见嫉。此之谓也。虽美恶之相辽，嗜好之不齐，亦焉可胜道哉！"这种比拟辞格构篇的手法受到了韩愈《毛颖传》的影响，借对事物的比拟来表达观点、抒发情感，收到了生动形象、发人深思的效果。

刘熙载在《艺概·文概》中指出："揭全文之旨，或在篇首，或在篇中，或在篇末。在篇首则后必顾之；在篇末则前必注之；在篇中则前注之，后顾之。顾、注，抑所谓文眼者也。"[1]这段话论述了文章主旨与前注后顾的关系，无论表达主旨的句子处在文章的哪个位置，主旨始终贯通文章，都离不开语句的前后呼应。苏轼作文时往往前伏后应，做到在篇章上联系紧密，连贯流畅。

照应是指语篇通过指代类词语、比较类词语的使用而建立起来的语义上前后呼应的关系。苏轼散文的照应往往通过运用人称代词、指示代词及比较意义的词语来构成照应关系。

（5）苏子夜坐，有鼠方啮。拊床而止之，既止复作。使童子烛之，有橐中空。嘐嘐聱聱，声在橐中。曰："嘻！此鼠之见闭而不得去者也。"发而视之，寂无所有，举烛而索，中有死鼠。童子惊曰："是方啮也，而遽死耶？向为何声，岂其鬼耶？"覆而出之，堕地乃走。虽有敏者，莫措其手。（《黠鼠赋》）

"此鼠"的"此"是指示代词，"此鼠"与上文的"有鼠方啮"形成照应，"岂其鬼耶"的"其"是第三人称代词"它"，指老鼠，照应上文的老鼠。

不只是单个篇章，同主题的不同篇章之间相互也有照应。《后赤壁赋》中有"是岁""复游""曾日月之几何，而江山不可复识矣"，完全是照应到《赤壁赋》的。

苏轼散文的段落的安排讲求紧扣文章主旨，使文章连贯性强，自然流畅。如：

---

1 刘熙载著，叶子卿点校：《艺概》，杭州：浙江人民美术出版社，2017年，第43页。

（6）余自钱塘移守胶西，释舟楫之安，而服车马之劳，去雕墙之美，而庇采椽之居，背湖山之观，而适桑麻之野。始至之日，岁比不登，盗贼满野，狱讼充斥，而斋厨索然，日食杞菊。人固疑余之不乐也。处之期年，而貌加丰，发之白者，日以反黑。余既乐其风俗之淳，而其吏民亦安予之拙也，于是治其园圃，洁其庭宇，伐安丘、高密之木以修补破败，为苟完之计。而园之北，因城以为台者旧矣，稍葺而新之。时相与登览，放意肆志焉。南望马耳、常山，出没隐见，若近若远，庶几有隐君子乎？而其东则卢山，秦人卢敖之所从遁也。西望穆陵，隐然如城郭，师尚父、齐桓公之遗烈，犹有存者。北俯潍水，慨然太息，思淮阴之功，而吊其不终。台高而安，深而明，夏凉而冬温。雨雪之朝，风月之夕，余未尝不在，客未尝不从。撷园蔬，取池鱼，酿秫酒，瀹脱粟而食之，曰：乐哉游乎！（《超然台记》）

（7）夫樊迟之所为汲汲于学稼者，何也？是非以谷食不足，而民有苟且之心以慢其上为忧乎？是非以人君独享其安荣而使民劳苦独贤为忧乎？是非以人君不身亲之则空言不足劝课百姓为忧乎？是三忧者，皆世俗之私忧过计也。

君子以礼治天下之分，使尊者习为尊，卑者安为卑，则夫民之慢上者，非所忧也。君子以义处天下之宜，使禄之一国者，不自以为多，抱关击柝者，不自以为寡，则夫民之劳苦独贤者，又非所忧也。君子以信一天下之惑，使作于中者，必形于外，循其名者，必得其实，则夫空言不足以劝课者，又非所忧也。此三者足以成德矣。故曰三忧者，皆世俗之私忧过计也。（《礼义信足以成德论》）

例（6）这个段落主要由三个层次构成，按照时间顺序、逻辑顺序行文。第一层是第一句，叙述移守胶西，是以忧托喜的伏笔。第二层是第二句至第五句，叙述生活初安，由苦变乐。第三层是第六句至第十五句，写修台游乐，落脚在"乐"上。整个段落用事实去论证"超然于物外，必得其乐"的道理。段落内的层次及这个段落在篇章中的作用都是在紧扣文章的主题。例（7）节选的两个段落按照逻辑顺序衔接，关系紧密。节选的第一段先分论三种忧愁，再总论三种忧愁是世俗的人忧虑算计得过多。节选的第二段先分论以礼、义、信治天下，再总论"礼义信足以成德"，是针对上一段落的解决措施，与上一段落形成连贯，在篇章结构上也呼应了文章题目。

苏轼散文的段落的安排讲求段落的条理性和连贯性。如《灵璧张氏园亭记》，文章紧扣张氏园亭的主题，采用先描写后叙述再议论的行文方式，无论是描写园亭美景，叙述作记缘由，还是发出"不必仕，不必不仕"的议论，都是围绕张氏园亭展开的，使文章条理分明，天衣无缝。段落的条理性和连贯性在于符合从感性到理性，从具体到抽象的客观规律。又如《留侯论》，文章阐述了"忍小忿而就大谋"的中心论点。作者对论据的使用独具匠心，既有郑伯肉袒迎楚、勾践卧薪尝胆等善于隐忍的论据，也有项羽、刘邦等不善于隐忍的论据，两类论据可以从正反两方面支撑中心论点。文章始终围绕留侯能忍的主题，利用正反论据，层层递进，阐明张良能忍能成大事的道理。再如：

（8）黄州定惠院东小山上，有海棠一株，特繁茂。每岁盛开，必携客置酒，已五醉其下矣。今年复与参寥禅师及二三子访焉，则园已易主，主虽市井人，然以予故，稍加培治。山上多老枳木，性瘦韧，筋脉呈露，如老人项颈。花白而圆，如大珠累累，香色皆不凡。此木不为人所喜，稍稍伐去，以予故，亦得不伐。既饮，往憩于尚氏之第。尚氏亦市井人也，而居处修洁，如吴越间人，竹林花圃皆可喜。醉卧小板阁上，稍醒，闻坐客崔成老弹雷氏琴，作悲风晓月，铮铮然，意非人间也。晚乃步出城东，鬻大木盆，意者谓可以注清泉，瀹瓜李，遂篮缘小沟，入何氏、韩氏竹园。时何氏方作堂竹间，既辟地矣，遂置酒竹阴下。有刘唐年主簿者，馈油煎饵，其名为甚酥，味极美。客尚欲饮，而予忽兴尽，乃径归。道过何氏小圃，乞其藂橘，移种雪堂之西。坐客徐君得之将适闽中，以后会未可期，请予记之，为异日拊掌。时参寥独不饮，以枣汤代之。

（《记游定惠院》）

（9）方山子，光、黄间隐人也。少时慕朱家、郭解为人，同里之侠皆宗之。稍壮，折节读书，欲以此驰骋当世。然终不遇。晚乃遁于光、黄间曰岐亭。菴居蔬食，不与世相闻。弃车马，毁冠服，徒步往来山中，人莫识也。见其所著帽，方屋而高，曰："此岂古方山冠之遗象乎？"因谓之方山子。

余谪居于黄，过岐亭，适见焉。曰：呜呼，此吾故人陈慥季常也，何为而在此？方山子亦矍然问余所以至此者。余告之故，俯而不答，仰而笑，呼余宿其家。环堵萧然，而妻子奴婢皆有自得之意。余既耸然异之。

独念方山子少时使酒好剑，用财如粪土。前十有九年，余在岐下，见方山子从两骑，挟二矢，游西山。鹊起于前，使骑逐而射之，不获。方山子怒马独出，一发得之。因与余马上论用兵及古今成败，自谓一世豪士，今几日耳，精悍之色，犹见于眉间，而岂山中之人哉！（《方山子传》）

例（8）这篇小品文写了作者与好友的十余件野游细事，园林景物如海棠、枳木淡雅、恬静，文人雅士赏花、饮酒、听琴、品味，同类的意象组合起来为游玩活动呈现了幽美的意境。文章按照时间顺序，遵循游记散文的创作传统，移步换景，驻足后又定点观察，写景与叙事相互交融，以意义上的内在联系来序文成篇，以意象为核心撑起了文章的条理性和连贯性。一般来说，人物传记按照时间先后顺序，先写少时如何，再写晚年如何。例（9）的"独念方山子少时"一段，应该在"晚乃遁于光、黄间"之前，苏轼把他少时经历的一段放在后面，这样安排段落既是对方山子经历的追叙，也是为了突出其少年时怒马骑射的豪士的形象，暗示方山子自悲不遇才弃世归隐，苏轼借方山子寄寓自身怀才不遇的感慨。胡怀琛指出："议论中带出叙事，笔致横溢，自成一格，不可以常传之格论也。"[1]苏轼根据文章主旨调整段落的安排进行章法的创新，体现了谋篇布局的逻辑性和灵活性。

---

1 胡怀琛：《言文对照古文笔法百篇》，北京：商务印书馆，2018年，第165页。

　　苏轼的散文在篇章上展现出独特的特点，常常突破传统的文体结构和言语表达，采用自由发挥的方式。他善于通过巧妙的布局和安排、过渡和衔接，使得整篇散文在结构上呈现出起伏跌宕、错落有致的特点。他还常常采用层进式、并列式的结构方式，通过逐渐展开和深入阐述，使得文章的主题和情感得以充分表达。他善于运用铺垫、伏笔等手法，使整篇文章在结构上更加严谨和完整。苏轼的散文还常常采用比喻、排比、用典等修辞手法，使整篇文章在篇章结构上更加富有节奏感和韵律美。他善于运用这些修辞手法来增强文章的表现力和感染力，使读者在阅读过程中能够更好地感受到文章所传达的思想和情感。

第二章　苏轼散文修辞的成因

本章从成因角度对苏轼散文修辞问题进行研究。具体而言，分别从散文的题旨情境和苏轼的个人才情、文艺思想、审美追求进行了探究。修辞以题旨情境为第一义，适应题旨情境是苏轼散文修辞的内因。同时，苏轼的个人因素（如性情才华等）、文艺思想、审美追求也是其散文创作实践的重要动因。

第一节　苏轼散文修辞题旨情境的阐释

题旨情境是指文章所要表达的主题和意图，以及与之相关的社会、历史、文化等背景。苏轼散文修辞深受题旨情境的影响，题旨情境对苏轼散文修辞有制约作用。文章的修辞手法和策略往往根据题旨情境的不同而有所调整，以实现其文章的主题和意图。同时，苏轼散文修辞也对题旨情境产生了塑造作用。文章的修辞手法和策略的巧妙运用，用具体可感的形象和情感表现原本抽象的主题和意图，对塑造文章的题旨情境起到了重要的作用，从而促使读者能更好地理解和感受文章的内涵。

一、题旨情境对苏轼散文修辞的制约

刘勰在《文心雕龙·附会》中说："夫才童学文，宜正体制，必以情志为神

明，事义为骨髓，辞采为肌肤，宫商为声气。"[1]"体制"指文章的整体规范。"情志为神明"是指以文章的主题思想作为文章的灵魂。"事义为骨髓"是以事料文义作为文章的躯干。"辞采为肌肤"是指以辞藻文采作为文章的肌肤，来完善文章的形式，使文章的表现力和感染力得到增强。"宫商为声气"是指以语言的韵调作为文章的声律，包括押韵、平仄、句式的整散等形式，可以增强文章的气势和韵味。"情志""事义"是文章的"神明"与"骨髓"，构成了文章的内容，起支配作用。"辞采""宫商"是文章的"肌肤"与"声气"，构成了文章的形式，是为文章的内容服务的，内容要通过形式表现出来，内容对形式有制约作用。

陈望道指出，"修辞所须适合的是题旨和情境……题旨和情境可说是修辞的标准、依据。像'六何'说所谓'何故'、'何人'、'何地'、'何时'等问题，就不过是情境上的分题。"[2]修辞依照题旨和情境调整语辞，修辞要适应题旨情境。

题旨是"一篇文章或一场说话的主意或本旨"，[3]也就是文章想要表达的主题思想和写作目的。情境是"写说者和读听者的自然环境和社会环境，即双方共同的经验"，"写说者的心境和写说者同读听者的亲和关系、立场关系、经验关系，以及其他种种关系"[4]，也就是指语言使用时所处的特定环境和背景，不仅包括文章的上下文、六何（何故、何事、何人、何地、何时、何如），还包括说话或写作的目的、听众或读者的心境、背景知识和社会文化背景等。

苏轼散文的修辞与题旨情境的关系密切而微妙。苏轼散文修辞不仅是为了使文章增强表现力和感染力，更重要的是为了突出和深化文章的题旨。他的修辞技巧和题旨情境之间存在着一种动态的互动关系，修辞服务于题旨情境，同

---

1 刘勰著，王志彬译注：《文心雕龙》，北京：中华书局，2012年，第478页。
2 陈望道：《修辞学发凡》，上海：复旦大学出版社，2008年，第6页。
3 陈望道：《修辞学发凡》，上海：复旦大学出版社，2008年，第5页。
4 陈望道：《修辞学发凡》，上海：复旦大学出版社，2008年，第8页。

时题旨情境也引导着修辞的选择和运用。

苏轼散文的修辞手法的选择是根据文章的题旨情境来决定的。题旨情境不同，则选择不同的修辞手法。他的散文中，无论是描述自然风光，还是探讨人生哲理，或者是批评社会现象，都会根据题旨情境的需要选择适当的修辞手法。例如，在写景状物时，他善于运用比喻、拟人等修辞手法，将自然景物描绘得栩栩如生，使读者仿佛置身其中。《沉香山子赋》中，"宛比小山，巉然可欣。如太华之倚天，象小孤之插云"运用了比喻手法描写沉香山子的外形。《滟滪堆赋》中，"宛然听命，惟圣人之所使"运用了拟人手法写水的柔顺。在探讨道理时，苏轼则更注重运用对比、排比等修辞手法，通过鲜明的对比和强烈的节奏感，使文章的主题更加突出。《论周东迁》中，"今夫富民之家，所以遗其子孙者，田宅而已。不幸而有败，至于乞假以生可也，然终不敢议田宅。今平王举文、武、成、康之业，而大弃之，此一败而鬻田宅者也"，以对比手法，将不敢议田宅与鬻田宅对比，突出鬻田宅的危害。《潮州韩文公庙碑》中，"卒然遇之，则王公失其贵，晋、楚失其富，良、平失其智，贲、育失其勇，仪、秦失其辩。是孰使之然哉？其必有不依形而立，不恃力而行，不待生而存，不随死而亡者矣。故在天为星辰，在地为河岳，幽则为鬼神，而明则复为人。此理之常，无足怪者"。这段话以接连的排比手法论述浩然正气存在于宇宙之间是合乎常理的。在议论时政时，他则更多地采用夸张、反讽等手法，以表达对社会现实的深刻见解。《留侯论》中，"子房不忍忿忿之心，以匹夫之力，而逞于一击之间。当此之时，子房之不死者，其间不能容发，盖亦已危矣"。苏轼以"其间不能容发"的夸张手法突出强调张良刺杀秦王的危险。《凌虚台记》中，"国于南山之下，宜若起居饮食与山接也。四方之山，莫高于终南。而都邑之丽山者，莫近于扶风。以至近求最高，其势必得。而太守之居，未尝知有山焉。虽非事之所以损益，而物理有不当然者。此凌虚之所为筑也。""虽非事之所以损益，而物理有不当然者"两句运用反讽的手法讥刺了修凌虚台的意义。

苏轼散文的题旨情境对其修辞手法的选择和运用产生了重要的制约作用。这种制约不仅体现了苏轼作为一位伟大作家的文学造诣和审美追求，也为我们提供了一个更加全面、深入地理解其散文艺术特色的视角。

二、苏轼散文修辞对题旨情境的塑造

苏轼的散文修辞与题旨情境之间存在着密切的关系。苏轼作为一位杰出的文学家，他的散文修辞深受题旨情境的影响。他也能巧妙地运用修辞手法来塑造特定的情境，突出深刻的题旨。

他在写作散文时，会考虑到自己的写作目的、读者的背景知识及当时的社会文化背景等因素，从而选择适当的修辞手法来塑造情境、突出主旨，进而增强文章的表现力和感染力。例如，在写记体散文时，他可能会使用更加亲切、随和的修辞风格，以拉近彼此的距离。如：

（1）元丰六年十月十二日，夜，解衣欲睡，月色入户，欣然起行。念无与为乐者，遂至承天寺，寻张怀民。怀民亦未寝，相与步于中庭。庭下如积水空明，水中藻荇交横，盖竹柏影也。何夜无月，何处无竹柏，但少闲人如吾两人者耳。（《记承天寺夜游》）

叙事朴素、淡泊，写景手法精当、新颖，议论简约蕴藉，语音上押韵协律，用词精当，句式上整散结合，"庭下"一句比喻形象生动，叙事自然流畅，写景新颖独特，塑造了幽美静穆的情境。结合二人被贬谪的境遇，读者能体会作者传达的题旨：闲人情谊笃厚，惺惺相惜，有苦闷，也有雅趣。

在写一些政论文章时，他可能会使用更加严肃、庄重的修辞风格，以表达自己的观点和立场。如：

（2）《书》曰："罪疑惟轻，功疑惟重。与其杀不辜，宁失不经。"呜呼，尽之矣。可以赏，可以无赏，赏之过乎仁；可以罚，可以无罚，罚之过乎义。过乎仁，不失为君子；过乎义，则流而入于忍人。故仁可过也，义不可过也。古者赏不以爵禄，刑不以刀锯。赏以爵禄，是赏之道行于爵禄之所加，而不行于爵禄之所不加也。刑之以刀锯，是刑之威施于刀锯之所及，而不施于刀锯之所不及也。先王知天下之善不胜赏，而爵禄不足以劝也；知天下之恶不胜刑，而刀锯不足以裁也。是故疑则举而归之于仁，以君子长者之道待天下，使天下相率而归于君子长者之道。故曰：忠厚之至也。（《刑赏忠厚之至论》）

文章题目出自《尚书》，苏轼引用书经，严肃而庄重。语言概括性、逻辑性强，以排偶句、整句为主，说理斩钉截铁、气势磅礴。

苏轼的散文修辞手法也能够帮助他塑造和强化特定的题旨情境。他也善于运用题旨情境中的元素来丰富自己的修辞手法，如运用紧扣题旨的典故，使自己的文章更加具有地域特色和文化内涵。如：

（3）子由为《墨竹赋》以遗与可曰："庖丁，解牛者也，而养生者取之。轮扁，斫轮者也，而读书者与之。"

昔曹孟德《祭桥公文》有"车过""腹痛"之语，而予亦载与可畴昔戏笑之言者，以见与可于予亲厚无间如此也。（《文与可画筼筜谷偃竹记》）

庖丁解牛、轮扁斫轮的典故分别出自《庄子·养生主》和《庄子·天道》，用在文中称赞文与可画竹技艺精湛、得心应手。车过腹痛典出《三国志·武帝纪》："遣使以太牢祀桥玄。"裴松之注引曹操《褒赏令》："车过三步，腹痛勿怪！虽临时戏笑之言，非至亲之笃好，胡肯为此辞乎？"苏轼此处用典，表达了对表兄兼好友的悼念。三个典故的运用既紧扣题旨，也切合了苏轼看到文与可遗作写作题记的情境。

苏轼的散文修辞与题旨情境的关系还体现在他的语言风格上。他的语言自然流畅、清新明快，这与他散文创作的题旨情境是密不可分的。在他的散文中，我们可以看到他对语言的熟练运用和对题旨情境的精准把握，这使得他的散文既能够传达深刻的思想内涵，又能够给读者带来愉悦的阅读体验。

第二节 苏轼散文修辞个人因素的阐释

苏轼散文修辞是其性情才华的集中体现，是其文艺理论、美学理论的实践。他的散文风格多变，既有豪放奔放的风格，又有深沉内敛的特点，这些都与他的性情才华有着密不可分的关系。

一、性真气雄与学博才高

苏轼性情豁达、才华横溢，他的个性特点在散文中得到了充分体现。他善于观察生活，具有敏锐的洞察力和感受力，这使他的散文作品充满了丰富的情感和独特的视角。苏轼散文的修辞技巧高超，他善于运用各种修辞手法，使文章既富有节奏感，又充满形象感。他多变的修辞风格，充分展现了他的性情才华。刘勰在《文心雕龙·体性》中说："才有庸俊，气有刚柔，学有浅深，习有雅郑，并情性所铄，陶染所凝，是以笔区云谲，文苑波诡者矣。"[1]创作者的才性决定了文章的风格。文章风格的多样化是由创作者的才、气、学、习的因素造成的，是先天"情性所铄"与后天"陶染所凝"共同作用的结果。

性、气的养成与塑造始于家庭。苏轼的性、气的养成与塑造离不开优秀的

---

1 刘勰著，王志斌译注：《文心雕龙》，北京：中华书局，2012年，第330页。

家庭教育。苏洵是唐宋八大家之一，苏辙在《藏书室记》中说父亲教导兄弟读书，苏洵"有书数千卷，手缉而教之"[1]，教导他们"内以治身，外以治人"[2]。母亲爱读书、善教子，《宋史·苏轼传》中记载程氏教导苏轼兄弟的事迹，苏轼听了母亲讲解《后汉书·范滂传》，表示自己要效法范滂，程氏说"汝果能死直道，吾亦无戚焉"[3]。苏轼在《答任师中家汉公》中谓："门前万竿竹，堂上四库书"[4]，苏轼出身书香门第，家庭为其营造了良好的读书环境。父母的身教、言教与境教让苏轼耳濡目染，培养了其真挚、雄健的品质。苏轼的一生，追求真理、刚正不阿，浩然正气充盈胸臆，诗云"平生学道真实意，岂与穷达俱存亡"，[5]他也做到了无论穷达都不改其志。

性、气的培养与铺垫来源于儒释道思想。苏轼的儒家思想来自青年时期对儒学经史的研读，"学通经史，属文日数千言"[6]，儒家思想以个人修养为出发点，以天人合一为最高目标，以"止于至善"为最高境界。苏轼在《教战守策》中的语句"天下之民，知安而不知危，能逸而不能劳，此臣所谓大患也"，流露出忧国忧民、忠君爱国的志向。在道家思想方面，他幼时就已经接触，"轼龆龀好道，本不欲婚宦"[7]，少年时还有遁世思想，爱读《庄子》，崇拜陶潜，认为"无所往而不乐者，盖游于物之外也"[8]。苏轼《与子由弟十首》其三篇自云："任性逍遥，随缘放旷，但尽凡心，无别胜解。"[9]苏轼能突破外物的束缚，做到

---

1 曾枣庄，舒大刚：《三苏全书》，第18册，北京：语文出版社，2001年，第378页。

2 曾枣庄，舒大刚：《三苏全书》，第18册，北京：语文出版社，2001年，第379页。

3 苏辙：《亡兄子瞻端明墓志铭》，陈宏天，高秀芳点校：《苏辙集》第3册，北京：中华书局，2017年，第1117页。

4 曾枣庄，舒大刚主编：《三苏全书》，第7册，北京：语文出版社，2001年，第387页。

5 苏轼著，王文诰辑注：《苏轼诗集》，北京：中华书局，1982年，第7册，第2245页。

6 苏辙：《亡兄子瞻端明墓志铭》，陈宏天，高秀芳点校：《苏辙集》第3册，卷二十二，北京：中华书局，2017年，第1117页。

7 苏轼著，孔凡礼点校：《苏轼文集》，北京：中华书局，1986年，第1415页。

8 苏轼著，孔凡礼点校：《苏轼文集》，北京：中华书局，1986年，第352页。

9 苏轼著，孔凡礼点校：《苏轼文集》，北京：中华书局，1986年，第1834页。

无论身处何处，都能任心而动，随性逍遥。道家讲求顺应自然、清静无为，这种思想的精髓浸润了苏轼的品性，他在逆境中始终能够保持超然旷达的心态，获得心灵的自由。在佛家思想方面，他与佛教渊源极深，家乡眉州的佛教氛围浓厚，家庭笃信佛教，父母、弟弟、妻妾和儿子都是虔诚的佛教教徒，苏轼大量阅读佛典，创作的文学作品也带有佛禅色彩，有诗云："君少与我师皇坟，旁资老聃释迦文"[1]。佛家强调慈悲为怀、悲天悯人，苏轼在仕宦生涯中始终身体力行，爱民如子，关怀、帮助百姓，在政治失意中追求物我两忘，身心皆空。

"苏轼的儒佛道思想是圆融的，他懂得生活的艺术，具有坦荡坚贞的品格，以及随缘放旷的文心和风流潇洒的气度。"[2]苏轼能够灵活地对儒佛道思想进行取舍、扬弃，使其为己所用，有了这些思想精华的铺垫，性、气最终通过苏轼的心灵化为文字，苏轼的文学作品是其性、气的外在表现形式。

苏轼"平生斟酌经传，贯穿子史，下至小说、杂记、佛经、道书、古诗、方言，莫不毕究"[3]。苏轼博览群书，满腹经纶，因而在创作上能够旁征博引，灵活运用，文学造诣极高。宋孝宗在《御制文集序》中评价苏轼"力斡造化，元气淋漓，穷理尽性，贯通天人，山川风云，草木华实，千汇万状，可喜可愕，有感于中，一寓之于文。雄视百代，自作一家，浑涵光芒，至是而大成矣"[4]。苏轼的性真气雄是指他个性中的真诚、直率和豪迈的气质。这种气质在他的散文中得到了充分体现，使他的文章充满了活力和个性魅力。

苏轼的性真体现在他敢于直言不讳地表达自己的观点和感受，不受世俗眼光的束缚。"其文如其为人"，他的散文中常常流露出对人生、社会、自然等方

1 苏轼：《子由生日，以檀香观音像及新合印香银篆盘为寿》，王文诰辑注《苏轼诗集》，第6册，北京：中华书局，1982年，第2015页。

2 张毅：《旷世奇才苏东坡》，载罗宗强、陈洪《中国古代文学发展史》中册，天津：南开大学出版社，2003年，第260页。

3 王十朋：《增刊校正百家注东坡先生诗序》，载王文诰辑注《苏轼诗集》，北京：中华书局，1982年，第2833页。

4 苏轼著，郎晔选注，庞石帚校订：《经进东坡文集事略》序，北京：文学古籍刊行出版社，1957年。

面的独到见解，这些见解往往直接而深刻，不加掩饰地展示了他的内心世界。他的真诚和坦率使得他的散文具有了一种独特的魅力，让读者能够感受到他的真实情感和思想。

气雄则体现在苏轼的散文中的豪迈和奔放。他的文字如同江河奔流，气势磅礴，充满了激情和力量。他善于运用各种修辞手法，如夸张、对比、排比等，来增强文章的气势和感染力。他的散文中的豪迈气质使得他的作品具有一种强烈的个性和独特的风格，令人读来心潮澎湃，倍感振奋。

"才力居中，肇自血气。气以实志，志以定言，吐纳英华，莫非情性。"[1]创作者的才能由先天气质凝聚而成。气质充实了情志，情志决定了语言，因而创作精美的作品没有不与创作者的情性相关的。刘勰分析了"气""志""言"的关系，指出作品风格与创作者情性的关系。苏轼散文的"行云流水、姿态横生"的风格与他的情性是一致的。苏轼的性真气雄不仅体现在他的散文中，也贯穿了他的一生。他性格直率，不拘小节，敢于挑战权威，追求真理和自由。他的豪迈气质使得他在面对困境和挫折时能够保持乐观和坚韧，不断追求自己的理想和目标。

苏轼，作为北宋时期的文学巨匠，被誉为"学博才高"的典范。他的学识渊博、才华横溢，不仅在诗歌、散文领域取得了卓越的成就，而且在史学、理学、书法、绘画等多个领域都展现出了非凡的才华。学博才高是苏轼文学创作永不枯竭的源泉，他有感于世间万物，创作自成一家，始终影响着后世文坛。

在诗歌方面，苏轼的创作题材广泛，从政治、社会到自然、情感，几乎无所不包。他善于运用各种修辞手法，如比喻、拟人、夸张等，将复杂的情感和哲理融入诗中，使其既具有深刻的思想内涵，又富有艺术美感。苏轼的诗歌语言简练、意境深远，给人以强烈的艺术享受。

---

1 刘勰著，王志斌译注：《文心雕龙》，北京：中华书局，2012年，第333页。

在散文方面，苏轼的散文风格独特，既有深沉的思想内涵，又有精湛的艺术技巧。他的散文题材广泛，涉及历史、哲学、文化等多个领域，通过独特的视角和深入的思考，将复杂的问题阐述得清晰透彻。苏轼的散文语言质朴自然，流畅优美，充满了生活气息和人文关怀。

除了诗歌和散文，苏轼在史学、理学、书法、绘画等领域也有很高的造诣。他精通经史子集，对古代文化有深入的研究和独到的见解。在书法和绘画方面，苏轼的作品被誉为"文人画"的代表。他的书画作品既体现了文人雅趣，又展现了艺术家的高超技艺。

苏轼的散文修辞是他性真气雄、学博才高的集中体现。他的修辞技巧体现了他的个性特点。他善于运用生动的比喻和形象的描绘来表达自己的情感和思考，这使得他的散文作品充满了鲜明的个性和独特的艺术魅力。他的性情才华也为他的修辞技巧提供了源源不断的灵感。他敏锐的观察力和感受力使他能够捕捉到生活中的点滴细节，并巧妙地融入文章中，使文章更加真实、贴近生活。最后，苏轼的修辞技巧还体现了他的创作态度和审美追求。他追求自然、真实的表达方式，强调文章应有"意"，这体现了他的创作态度和审美追求，也进一步展现了他的性情、才华。他的性情和气质、才华和学识使他成为中国文学史上的一位巨匠，对后世产生了深远的影响。

二、苏轼的文艺学思想与美学思想

苏轼的散文修辞与其文艺理论之间存在着密切的关系。他的文艺理论为他的修辞技巧提供了指导，使他的修辞更加自然、贴切，为文章的内容增色不少。同时，他的修辞技巧又是其文艺理论的实践和体现，通过修辞的巧妙运用，他成功地实践了自己的文艺理论。苏轼的文艺学思想主要体现在他的创作理念和艺术观念上。

1. 苏轼的文艺学思想

苏轼的文艺学思想主要包括文学理论与文学批评两个方面。

苏轼在《凫绎先生诗集叙》中说："先生之诗文，皆有为而作，精悍确苦，言必中当世之过，凿凿乎如五谷必可以疗饥，断断乎如药石必可以伐病。"苏轼主张"有为而作"，"言必中当世之过"，这一思想强调创作必须有真实的感受，并且要有积极的目的与作用。这种观点体现在他的许多作品中，他常常通过作品来表达对社会现象和人生哲理的深入思考，如《谢欧阳内翰书》针对当时文坛上的浮艳文风，提出了要恢复平实文风的建议。

艺术家的创作来源于观物感兴。观察事物，留意于物，苏轼注重艺术构思时的心境，在《送参寥师》中说："欲令诗语妙，无厌空且静。静故了群动，空故纳万境。"他主张心境须达到"空静"才能集中精神去观察、探究现实世界，促使灵感的爆发，引导想象的产生。

苏轼在《书晁补之所藏与可画竹三首》中说："其身与竹化，无穷出清新。""身与竹化"，即身与竹的辩证合一，是重要的构思方法。他认为，只有在这种心境下，艺术家才能洞察万物的本质，达到艺术家的心与外界的结合。

苏轼在《次韵吴传正枯木歌》中说："古来画师非俗士，妙想实与诗同出。""妙想"，指艺术想象，是感性的、形象的思维活动。文艺创作者在这个过程中要及时捕捉灵感。苏轼在《文与可画筼筜谷偃竹记》中说："故画竹必先得成竹于胸中，执笔熟视，乃见其所欲画者，急起从之，振笔直遂，以追其所见，如兔起鹘落，少纵则逝矣。"艺术构思如"兔起鹘落"般稍纵即逝。

接着苏轼探讨了"成竹于胸"的问题。他在《文与可画筼筜谷偃竹记》中说："与可之教予如此。予不能然也，而心识其所以然。夫既心识其所以然而不能然者，内外不一，心手不相应，不学之过也。故凡有见于中而操之不熟者，平居自视了然，而临事忽焉丧之，岂独竹乎？"胸中竹与纸上竹难于统一，苏轼认为虽然心中"识其所以然"，但是做起来却"内外不一，心手不相应"，是

"操之不熟"之故。文艺创作者心中储备了文艺形象，心中所想与手中所写不能达到统一，原因在于实践不熟练，经验不足，技巧不能灵活运用。

苏轼在《跋秦少游书》论及"道技两进"，把创作者的道德修养和艺术修养结合起来，认为"道技两进"是解决艺术实践操之不熟的不二法门："少游近日草书，便有东晋风味，作诗增奇丽。乃知此人不可使闲，遂兼百技矣。技进而道不进则不可，少游乃技道两进也。"苏轼以秦观练习书法、作诗的例子来论述"技"与"道"是同等重要的。反复学习理论与训练技法是进步的关键。正因为"道可致而不可求"，所以要"学以致其道"。

苏轼在《答谢民师推官书》中阐述了"辞达"与"了然于口与手"的辩证关系。

> 孔子曰："言之不文，行而不远。"又曰："辞达而已矣。"夫言止于达意，即疑若不文，是大不然。求物之妙，如系风捕景，能使是物了然于心者，盖千万人而不一遇也。而况能使了然于口与手者乎？是之谓辞达。辞至于能达，则文不可胜用矣。（《答谢民师推官书》）

苏轼指出"辞达"是创作的标准，要做到"辞达"，要"了然于心"，才能"了然于口与手"，但是，"了然于心"已经是很难了，"了然于口与手"更是有过之而无不及。

苏轼在《自评文》中说："吾文如万斛泉源，不择地皆可出，在平地滔滔汩汩，虽一日千里无难。及其与山石曲折，随物赋形，而不可知也。所可知者，常行于所当行，常止于不可不止，如是而已矣。"艺术形象的描绘遵循"随物赋形"的原则。

他在《书鄢陵王主簿所画折枝二首》之一中写道："论画以形似，见与儿童邻。赋诗必此诗，定非知诗人。诗画本一律，天工与清新。"在形与神的关系上，苏轼主张以传神为主，形神并茂。他认为，艺术作品不仅要形似，更要神似，这样才能真正打动人心。他主张"文理自然，姿态横生"（《答谢民师推官书》）。"清新""自然"体现了艺术创作以自然为师，追求浑然天成的思想，受到了道家美学思想的深远影响。

在《净因院画记》中，苏轼道："余尝论画，以为人禽宫室器用皆有常形，至于山石竹木水波烟云，虽无常形，而有常理。常形之失，人皆知之，常理之不当，虽晓画者有不知。"文艺创作把握了常形可得形似，又能表现出常理，就能达到神似的境界。

苏轼在《答谢民师推官书》中说："大略如行云流水，初无定质，但常行于所当行，常止于所不可不止，文理自然，姿态横生。"他强调了文艺创作的法则，既要"行云流水"，又要"文理自然"。苏轼还提出了"无法之法"的主张，即艺术创作应遵循自然之法，任其自然而不违背艺术创作的规律。他认为，最高的法就是看似无法而又有法，这样才能在作品中表现出真正的艺术魅力。

苏轼的散文修辞与其文艺批评思想是相辅相成的。他的散文作品充分体现了其文艺批评思想，而文艺批评思想又指导着他的散文创作。

苏轼在《书郡陵主簿所画折枝二首·其一》中云："诗画本一律，天工与清新。"苏轼将书画相提并论，"天工""清新"谓文艺作品宛若天造，无雕琢之感，这可以作为苏轼鉴赏、批评文艺作品的审美标准。苏轼在《书吴道子画后》中评吴道子的画"得自然之数，不差毫末，出新意于法度之中，寄妙理于豪放之外，所谓游刃有余，运斤成风"，既合乎"天工"，又能体现出创新特点。

苏轼在《画水记》中评价画家孙位画水"始出新意，画奔湍巨浪，与山石曲折，随物赋形，画水之变"，指出他的水是"活水"，其他画得像而不活的，与"印板水纸"无异。这涉及文艺作品"形似""神似"的命题。苏轼在《与何浩然一首》中论及"写真奇妙，见者皆言十分形神，甚夺真也"，主张形神兼备，神似尤胜于形似。苏轼在《评韩柳诗》中说："柳子厚诗在陶渊明下，韦苏州上。退之豪放奇险则过之，而温丽靖深不及也。所贵乎枯澹者，谓其外枯而中膏，似澹而实美，渊明、子厚之流是也。若中边皆枯澹，亦何足道。佛云：'如人食蜜，中边皆甜。人食五味，知其甘苦者皆是，能分别其中边者，百无一二也。'"可以看出，他推崇平淡质朴的语言风格和审美趣味。苏轼在《次韵子由论书》中写道："吾虽不善书，晓书莫如我。苟能通其意，常谓不学可。貌妍容有矉，璧美何妨椭。端庄杂流丽，刚健含婀娜。"端庄、刚健与流丽、婀娜，是不同的风格，只是要注意度的问题。苏轼对很多作家作品的风格均有评论，风格没有高下之分，只要把握好度，都是符合审美的。在"天工""清新"的标准上，苏轼还强调对前人的继承与创新。"诗至于杜子美，文至于韩退之，书至于颜鲁公，画至于吴道子，而古今之变、天下之能事毕矣。"他在《书吴道子画后》对唐代文艺做了总体的评价。酌古是为了御今，既要重视继承与借鉴，更重要的是大胆改革创新。

苏轼的文艺学思想体现了他的创作理念和艺术观念，这些思想在他的散文作品中得到了充分的体现。苏轼的散文修辞与其文艺学思想之间存在着相互依存、相互促进的联系。他的文艺学思想为他的修辞技巧提供了指导，而他的修辞技巧又进一步体现了他的文艺学思想。这种关系使得苏轼的散文作品具有独特的艺术魅力，同时也为我们提供了研究其散文修辞的重要视角。

2. 苏轼的美学思想

苏轼的美学思想主要体现在他对艺术美的追求和理解上。他强调艺术作品的审美价值应该超越表面的形式美，追求更深层次的精神内涵。他的修辞技巧体现了自然美的美学追求。他善于运用自然景物和日常生活细节进行描绘，使得文章充满自然之美。他的修辞技巧也体现了意境美的美学追求。他通过巧妙的修辞手法，创造出深远的意境，使读者在阅读过程中产生强烈的共鸣。苏轼的修辞技巧还体现了其美学理论中的"意"与"辞"的关系。他认为，文章应有明确的中心思想，而修辞应为内容服务，这在他的散文中得到了很好的体现。

苏轼在《宝绘堂记》中说："君子可以寓意于物，而不可以留意于物。寓意于物，虽微物足以为乐，虽尤物不足以为病。留意于物，虽微物足以为病，虽尤物不足以为乐。"他论述了"人"与"物"的关系。对于外物，审美主体应该如何去看待？"乐"的关键在于"寓意于物"。苏轼赞成"寓意于物"，反对"留意于物"。"寓意于物"是审美主体对外物的欣赏，可以把情感寄托在外物中，正因为采取一种审美的非功利性态度，不是占有，无论外物是微小还是特异，审美主体都能够自由地出入于外物获得审美愉悦，而不会被外物所束缚。与之相反，"留意于物"则是想占有对象，精神就会被外物凝滞，不能获得精神的自由了，为物所役，过分地担心得失，便会失其本心。因此，审美主体能够做到"寓意于物"，才能获得审美愉悦，也就是"乐"。

苏轼在《赤壁赋》中也有论述："且夫天地之间，物各有主，苟非吾之所有，虽一毫而莫取，惟江上之清风，与山间之明月，耳得之而为声，目遇之而成色；取之无禁，用之不竭。是造物者之无尽藏也，而吾与子之所共适。"天地万物并非"我"之所有，作为审美主体，"我"不可取分毫，不可占有，要保持无私的审美态度，"造物者"会提供"取之无禁，用之不竭"的"无尽藏"，是"我"可以永远享有的审美愉悦。

苏轼在《超然台记》中说："凡物皆有可观。苟有可观，皆有可乐，非必怪奇玮丽者也。哺糟啜醨皆可以醉；果蔬草木皆可以饱。推此类也，吾安往而不乐？夫所为求福而辞祸者，以福可喜而祸可悲也。人之所欲无穷，而物之可以足吾欲者有尽。美恶之辨战乎中，而去取之择交乎前，则可乐者常少，而可悲者常多，是谓求祸而辞福。夫求祸而辞福，岂人之情也哉？物有以盖之矣。彼游于物之内，而不游于物之外。物非有大小也，自其内而观之，未有不高且大者也。"他阐释了心与物的关系，认为"游心于物之外"才能获得"乐"。

苏轼对待外物有着万物平等的思想，外物无大小贵贱之分，不必"怪奇玮丽者"才能获得"乐"，万物皆可观，可观皆可乐。对于外物，如果有福祸之分，美恶之辨，就会"游于物之内"。对外物产生了功利之心，就会陷入"物之内"的牢笼，只有对外物抱有非功利的态度，才能在"物之外"客观地观察到外物的整体，进而接触到外物的本质。所以，文艺家观物要"游于物之外"，克服审美的个体局限性，才能获得"乐"。

苏轼还追求"萧散简远、外枯中膏"的审美理想。他欣赏简洁明快、含蓄深沉的艺术风格，认为这种风格能够表现出艺术家独特的个性和情感，同时也能引发观者的共鸣和思考。

苏轼的美学思想还体现在他的诗词创作中。他的诗词以情感真挚、意境深远著称，通过细腻入微的描绘和深刻的哲理思考，将自然景物和人物形象表现得栩栩如生，给人以美的享受和思考的空间。《定风波·常羡人间琢玉郎》中，"常羡人间琢玉郎，天应乞与点酥娘。尽道清歌传皓齿。风起。雪飞炎海变清凉。万里归来颜愈少。微笑。笑时犹带岭梅香。试问岭南应不好？却道。此心安处是吾乡。"苏轼在词中以真挚的情感塑造了被贬谪岭南五年归来的好友王定国及其歌妓柔奴的美好形象，柔奴蕙质兰心，说出"此心安处是吾乡"的令人赞叹的充满哲理意味的话语。心安处即吾乡，游心于物外则万物皆可乐。

苏轼的修辞技巧不仅体现了自然美和意境美的美学追求，而且进一步实践和验证了他的美学思想。这种相互依存、相互促进的关系使得苏轼的散文作品具有独特的美学价值，也对后世的文艺创作的审美取向产生了重要的影响。

第三章　苏轼散文修辞的成就

苏轼散文修辞源于他的修辞思想。苏轼善于立意、谋篇，利用语言的语音、词汇、句法、修辞格等手段为散文的题旨情境服务，达到文章的文质兼美，构建了极具个人特色的散文修辞话语，创造了多变的散文修辞风格。本章主要从修辞思想、修辞话语建构和修辞风格创造三个方面来探讨苏轼散文修辞的成就。

第一节　苏轼散文的修辞思想

苏轼散文的修辞思想主要包括修辞的重要性、修辞的内容和形式、修辞原则及修辞风格方面的观点。

（1）文章以华采为末，而以体用为本。国之将兴也，贵其本而贱其末；道之将废也，取其后而弃其先。用舍之间，安危攸寄。（《答乔舍人启》）

（2）先生之诗文，皆有为而作，精悍确苦，言必中当世之过，凿凿乎如五谷必可以疗饥，断断乎如药石必可以伐病。其游谈以为高，枝词以为观美者，先生无一言焉。（《凫绎先生诗集叙》）

苏轼所谓的"以体用为本"就是修辞要为社会、国家服务，文章要"有意于济世之用"，"言必中当世之过"，文章要针对社会问题有感而发，起到"疗饥""伐病"的作用。他主张"华采为末"，反对"游谈以为高，枝词以为观美"，就是反对华而不实、过分雕琢的文风。正如其在《谢欧阳内翰书》中说："于是招来雄俊魁伟敦厚朴直之士，罢去浮巧轻媚丛错采绣之文，将以追两汉之余，而渐复三代之故。"他认为要戒除浮艳的文风，提倡平实的文风。

苏轼在《六一居士集叙》中说："愈之后二百有余年，而后得欧阳子，其学推韩愈、孟子以达于孔氏，著礼乐仁义之实，以合于大道。其言简而明，信而通，引物连类，折之于至理，以服人心，故天下翕然师尊之。""合于大道"就是说"文以载道"，修辞的立意要合于大道。"简而明，信而通"是指修辞要简洁流畅。"信"则与"修辞立其诚"是一致的。苏轼在《日喻》中以学潜水的譬喻指出"致道"的方法就是要长期实践。

苏轼在《策总叙》中说："臣闻有意而言，意尽而言止者，天下之至言也。盖有以一言而兴邦者，有三日言而不辍者。一言而兴邦，不以为少而加之毫毛；三日言而不辍，不以为多而损之一辞。古之言者，尽意而不求于言，信己而不役于人。""意"，指文章要言之有物，要有内容，不能言不及义。苏轼主张"有意而言""意尽而言止"就是要把握"意"与"言"的关系，也就是修辞内容和修辞形式的关系。修辞内容通过修辞形式展现出来，修辞形式为修辞内容服务，过于追求内容或者形式都是不恰当的，只有做到"意"与"言"的统一，才是"至言"。苏轼认为"言止而意不尽"是"极致"，是一种含蓄蕴藉的风格，是苏轼推崇并在创作中践行的风格取向。如《记承天寺夜游》，文章的最后只是点出"但少闲人如吾两人者耳"，言已止而意犹未尽，"闲"字包含的意蕴是含蓄的，读者可能解读成多个含义，这也是苏轼追求的修辞效果。"一言而兴邦"的论述是对孔子强调立言修辞的政治功用的思想的继承，苏轼认为立言在一定程度上有"兴邦"的作用，也强调立言修辞的重要性。

苏轼在《范文正公文集叙》中论述了修辞和性情的关系。他说："其于仁义礼乐，忠信孝弟，盖如饥渴之于饮食，欲须臾忘而不可得，如火之热，如水之湿，盖其天性有不得不然者。"人的性情是合于仁义的，修辞关乎人的性情，那么这个人的修辞就是遵循其本真的性情，说出真善美的话，写出真善美的文章，文章自然就能打动人。

（3）"采菊东篱下，悠然见南山。"因采菊而见山，境与意会，此句最有妙处。（《题陶渊明饮酒诗后》）

有人把陶渊明的"悠然见南山"改为"悠然望南山"，苏轼认为不妥，他主张"见"字妙在"境与意会"。"见"字暗写了幽静的环境，与"心远"相合，既有诗的意脉的隐隐勾连，形成同一语境内的照应，又可以衬托出陶渊明隐逸的志趣，而"望"是主动刻意的张望，与整首诗的语境、主旨都不合。苏轼认为，炼字要与作者的意旨、文章的旨趣结合起来，字词的选择要符合作品的意境与主旨，这正是修辞上所说的修辞以适应题旨情境为第一义。

（4）孔子曰："辞达而已矣。"物固有是理，患不知之。知之。患不能达之于口与手。所谓文者，能达是而已。（《答虔俞括奉议书一首》）

（5）孔子曰："辞达而已矣。"辞至于达，止矣，不可以有加矣。（《与王庠书》）

（6）孔子曰："言之不文，行而不远。"又曰："辞达而已矣。"夫言止于达意，即疑若不文，是大不然。求物之妙，如系风捕影，能使是物了然于心者，盖千万人而不一遇也。而况能使了然于口与手者乎？是之谓辞达。辞至于能达，则文不可胜用矣。（《答谢民师推官书》）

苏轼为孔子的"辞达"说赋予了新的内涵，他指出"辞达"是流畅自然地以辞达意，要做到"辞达"，要在"了然于心"的基础上"了然于口与手"。他主张"意"与"文"并重，也就是既要重视内容，也要重视语言文字的艺术，要做到内容与形式的统一。

（7）虽然，有道有艺，有道而不艺，则物虽形于心，不形于手。（《书李伯时山庄图后》）

（8）技进而道不进，则不可，少游乃技道两进也。（《跋秦少游书》）

文以载道，既要有道，也要有技。想要传情达意，就要掌握语言表达的技巧，做到技道两进，才能把内心的思想感情更好地表达出来。

苏轼在《题柳子厚诗》中主张"用事当以故为新，以俗为雅"，注重用事手法上的创新，要创造性地引事引言。这与苏轼一贯的"出新意于法度之外"思想有关，是苏轼重自然朴实的美学思想的体现。只要语言自然天成，文章创作中即使用常语，也可以有新意，即使用俗语，也可以有雅趣。

苏轼在《书李简夫诗集后》中说："陶渊明欲仕则仕，不以求之为嫌；欲隐则隐，不以去之为高，饥则扣门而乞食，饱则鸡黍以延客。古今贤之，贵其真也。"又在《江子静字序》中说："故君子学以辨道，道以求性，正则静，静则定，定则虚，虚则明。物之来也，吾无所增；物之去也，吾无所亏，岂复为之欣喜好恶而累其真软？"苏轼对人生的追求是自然、自由的"真"。苏轼的"真"灌注在作文上就是达到"常行于所当行，常止于所不可不止"的境界。苏轼在作文上也是追求"真"的，体现出其"修辞立其诚"的修辞学思想。章学诚在《言公中》说："《易》曰：'修辞立其诚。'诚不必于圣人至诚之极致，始足当于修辞之立也。学者有事于文辞，毋论辞之如何，其持之必有其故，而初非徒为文具者，皆诚也。有其故，而修辞以副焉，是其求工于是者，所以求达其诚也。"[1]章氏对"修辞立其诚"做了进一步的阐释，他认为作文要持之有故，言之有物，立论要有根据，文章要有实际内容才能达到"诚"。苏轼所说的"真"

---

[1] 章学诚著，叶瑛校注：《文史通义校注》，北京：中华书局，2014年，第218页。

与章学诚所说的"诚"都强调了修辞的"立诚"原则。"对这里的'修辞'不论作何种意义的诠释或理解，它总是与人们的立言相关切的。特别有意味的是：'修辞'的产生竟然跟'立诚'同现，两者结下了不解之缘。这里的'诚'，涵盖了立言修辞内容的真实和立言修辞态度的忠信；也就是要求修辞必须出于真诚。"[1]"立诚的内涵主要指立言态度真诚和立言内容真实两个方面。"[2]苏轼对做人与作文的"真"的追求促使其态度真诚、内容真实的文章产生巨大的社会影响力。

苏轼在《答谢民师推官书》中说："扬雄好为艰深之词，以文浅易之说。"他主张自然畅达，这是他对修辞风格的主要态度。苏轼在《评韩柳诗》中说："所贵乎枯澹者，谓其外枯而中膏，似澹而实美，渊明、子厚之流是也。若中边皆枯澹，亦何足道？"苏轼在比较了诗歌的各种不同风格之后，特别推崇"外枯而中膏，似淡而实美"的枯淡风格，"枯淡"风格是在继承司空图的诗论的基础上的创见。"外枯中膏"，是形式上平淡澹泊，内涵膏腴丰美的，是风格趋向于成熟的表现。苏轼在《与二郎侄一首》中说："凡文字，少小时须令气象峥嵘，采色绚烂，渐老渐熟乃造平淡；其实不是平淡，绚烂之极也。""绚烂"是作文章初期的风格，"平淡"则是经过了"老""熟"的时间与实践的积累之后达到的境界。"绚烂"之极归于"平淡"，"绚烂"与"平淡"体现了苏轼在修辞风格上的辩证意识。

第二节　苏轼散文的修辞话语建构

苏轼散文的修辞话语不仅具有艺术魅力，还蕴含着深刻的思想内涵。他的

---

1 陈光磊，王俊衡：《中国修辞学通史·先秦两汉魏晋南北朝卷》，长春：吉林教育出版社，1998年，第7页。

2 黎运汉，盛永生：《汉语修辞学》，广州：广东教育出版社，2006年，第76页。

散文作品常常通过对自然、人生、社会的描绘和议论，表达他对人生哲理的独到见解和对社会现实的深刻思考。他的修辞话语往往寓理于情、寓理于景，通过生动的描绘和形象的比喻，引导读者去思考和领悟人生的真谛。

苏轼在《放鹤亭记》中运用比喻与象征的手法表达自己的出世思想。"乃作放鹤招鹤之歌曰：鹤飞去兮，西山之缺。高翔而下览兮，择所适。翻然敛翼，婉将集兮，忽何所见，矫然而复击。独终日于涧谷之间兮，啄苍苔而履白石。鹤归来兮，东山之阴。其下有人兮，黄冠草履，葛衣而鼓琴。躬耕而食兮，其馀以汝饱。归来归来兮，西山不可以久留。"东山是隐居的草庐，比喻隐居不出仕。西山是鹤出高翔之处，喻出仕为官。"不可以久留"暗示仕途吉凶难测，不可迷恋。鹤"清远闲放，超然于尘埃之外"，"以比贤人君子"，原本无情无义的对象在一定的语境中被苏轼赋予了特定的内涵，在文中具有出世之人的象征意义。在文中，苏轼描写了放鹤亭的优美环境与景色："彭城之山，冈岭四合，隐然如大环，独缺其西十二，而山人之亭适当其缺。春夏之交，草木际天。秋冬雪月，千里一色。风雨晦明之间，俯仰百变。"他巧妙地寓情于景，作者借此含蓄地表达了对隐居之乐的向往，流露出浓重的出世思想。

苏轼散文的修辞话语建构还运用陌生化的手法。谭学纯认为："修辞话语建构是两个认知系统中的双重运作，即：通过修辞认知，'变熟悉为陌生'；通过概念认知，'变陌生为熟悉'。前者进入修辞配价关系，以审美自由敞开话语主体的感觉系统；后者进入语法配价关系，以有限的认知模式解读无限丰富的世界。"[1]修辞话语建构"是一种"陌生化"和"熟知化"的运作。"修辞话语建构的效果，在很大程度上取决于：表达者重新赋予话语的意义，能不能造成接受者的心理期待落空，使重构的语义偏离常规语义，朝着接受者意想不到的逻辑

---

1 谭学纯：《修辞话语建构双重运作：陌生化和熟知化》，《福建师范大学学报（哲学社会科学版）》2004年第5期，第1-6页。

路向滑动，通过扩大语义距离来制造语用距离，也就是陌生化。"¹"陌生化"亦称'间离效果'，是艺术家拉开对象与审美者之间的距离，使欣赏者感到陌生的方法。什克洛夫斯基在《作为技巧的艺术》中进一步认为艺术创作要通过变形，将本来熟悉的对象陌生化，使欣赏者感到新颖别致，增加感觉的难度和延长审美感受的时间长度，以增强审美效果。²苏轼散文中陌生化手法被广泛应用，旨在打破读者的常规阅读习惯，创造出新颖、独特的阅读体验。苏轼在散文中通过词语的陌生化、议论手法的陌生化以及记叙方式的陌生化，重新定义、重塑或重新诠释常见的元素、情境或情感，构建其修辞话语，使读者以全新的视角来审视和理解作品，获得新奇的审美体验。

词类活用指的是某些词在特定的语境中，临时改变其基本的语法功能，如名词作状语、名词用作动词、形容词用作动词、意动用法、使动用法等。词语的陌生化指通过词类活用改变词语的常规用法，使读者在语言的冲击下产生陌生感。

（1）肩舆叩门，见张氏之子硕。硕求余文以记之。（《灵壁张氏园亭记》）

（2）诗数十篇，敏捷立成，皆有妙思，杂以嘲笑。（《子姑神记》）

（3）相与枕藉乎舟中，不知东方之既白。（《赤壁赋》）

（4）遂欲高举远引，友麋鹿而终天年，则不可得矣。（《韩干画马赞》）

（5）哺糟啜醨皆可以醉；果蔬草木皆可以饱。（《超然台记》）

例（1）"肩舆"是名词作状语，乘着轿子。例（2）"诗"是名词用作动词，作诗。例（3）"白"是形容词用作动词，变白。例（4）"友"意动用法，以……为友。例（5）"醉""饱"使动用法，使……醉，使……饱。词语的陌生

---

1 谭学纯、朱玲：《广义修辞学》，合肥：安徽教育出版社，2001年，第37页。
2 朱立元：《艺术美学辞典》，上海：上海辞书出版社，2012年，第225页。

化增强了修辞表达的张力和表现力。

苏轼散文的譬喻说理就是这种"陌生化"的运作。《日喻》借盲人对太阳的臆测的譬喻阐述求道不可主观片面的道理。盲人、太阳都是熟悉的概念，认识事物不可主观片面也是人熟知的道理，苏轼运用"陌生化"的手段，"变熟悉为陌生"，建立起二者的联系，化抽象为具体，由浅入深地说理。《稼说》以"富人之稼"比喻"博观而约取，厚积而薄发"的治学之道。种庄稼与治学进入了修辞配价的关系，苏轼以自身的审美自由敞开了创作的感觉系统，构建起种庄稼与治学的联系，进而进行个性化的修辞话语建构。

言在此而意在彼也是一种"陌生化"的运作。《石钟山记》并非写石钟山的美景，而是借游山考证石钟山的命名由来，阐述实践出真知的道理。写石钟山的目的是阐述道理，"变熟悉为陌生"。用熟悉的事物去阐发新的道理，苏轼的《凌虚台记》《超然台记》《放鹤亭记》等散文也是如此。《超然台记》借超然台论证"游于物外，无往而不乐"的道理。第一段从正面论述了超然于物外的快乐，第二段从反面论述了不超然必悲哀的道理，直到第三段才进入正题，对超然台进行描写。前两段的内容是一种"陌生化"的处理，消解"套板反应"，能让读者产生新奇感。读者也产生了探究欲，去探求说理和叙事的段落之间的关系。

从审美的角度来看，审美主体赋予话语以个人的审美体验，建构具有个人特色的意象与意境，借个性化的叙事阐述深刻的哲理。苏轼的《赤壁赋》夜游赤壁的叙事中，高山、流水、清风、明月，景物的描写中有独特的情感蕴藉，都不再是自然界普通的景物，而是蕴含了作者哲思的意象，在说理时借"水"与"月"阐述变与不变的道理。借叙事引发哲理，构建个性化的修辞话语，还有《记游松风亭》《书上元夜游》《试笔自书》等。《书上元夜游》叙述了月夜出游的经历，阐发了人生得失无定的领悟。在历史人物论的文章中，苏轼立意新奇，见解独特，如《留侯论》《隐公论》《贾谊论》。对历史人物、历史事件的别样解读、评价，是"陌生化"的话语建构。

随意驱遣、姿态横生的特点体现在苏轼散文的结构上，文章开头看似突兀，实则别出心裁。《淮阴侯庙碑》开头说："应龙之所以为神者，以其善变化而能屈伸也。"看似离题，其实不然，是以应龙的善变化能屈伸来比韩信，整篇文章都是紧扣这一句来行文。开头看似突兀的话语偏离了常规的行文习惯，拉大了与读者的审美距离，有意延长读者的审美过程，是有意建构新奇的修辞认知以求达到意想不到的效果。运用这种开篇方法的文章还有《李氏山房藏书记》《眉州远景楼记》《墨宝堂记》等。

苏轼在记叙散文中通过人物陌生化、情节陌生化的手法达到新奇的修辞效果。如：

（6）方山子，光、黄间隐人也。少时慕朱家、郭解为人，闾里之侠皆宗之。稍壮，折节读书，欲以此驰骋当世，然终不遇。晚乃遁于光、黄间，曰岐亭。庵居蔬食，不与世相闻；弃车马，毁冠服，徒步往来山中，人莫识也。见其所著帽，方耸而高，曰："此岂古方山冠之遗像乎？"因谓之方山子。

余谪居于黄，过岐亭，适见焉。曰："呜呼！此吾故人陈慥季常也，何为而在此？"方山子亦矍然，问余所以至此者，余告之故。俯而不答，仰而笑，呼余宿其家。环堵萧然，而妻子奴婢皆有自得之意。

余既耸然异之，独念方山子少时，使酒好剑，用财如粪土。前十有九年，余在岐山，见方山子从两骑，挟二矢，游西山。鹊起于前，使骑逐而射之，不获。方山子怒马独出，一发得之。因与余马上论用兵及古今成败，自谓一世豪士。今几日耳，精悍之色，犹见于眉间，而岂山中之人哉？

然方山子世有勋阀，当得官。使从事于其间，今已显闻。而其家在洛阳，园宅壮丽，与公侯等。河北有田，岁得帛千匹，亦足以富乐。皆弃不取，独来穷山中，此岂无得而然哉？（《方山子传》）

在人物塑造上，运用陌生化手法，通过反常的语言、行为等，使读者对人物产生好奇心，引发深思，进而获得新奇的审美体验。第一段运用白描的手法塑造了方山子怀才不遇、隐居山林的隐士形象。第二段则通过写作者问其缘由，但其笑而不答的反常行为给读者设置悬念，接着作者回忆其鲜衣怒马的少年事，观其如今，眉间犹见精悍之色，继续发出疑问。第三段历数其家室富贵，第三次发出疑问。在情节安排上，运用陌生化手法，有意打破传统的故事情节模式，通过非线性叙事、时空跳跃等手法，使读者在情节的迷宫中迷失并重新找到方向。人物传记并不按照时间先后顺序记述经历，写方山子晚年隐居黄州岐亭，作者谪居黄州，经过岐亭，恰巧遇到他，回想了方山子岐山骑射的少年事。当下与十九年前，岐亭与岐山，这两个时间节点的叙事是顺叙与倒叙，是非线性叙事，空间上也有跳跃。作者在文中并没有直接回答提出的疑问，却可以让读者在人物陌生化和情节陌生化的运作中体会到文章含蓄深刻的思想情感。

第三节　苏轼散文的修辞风格创造

苏轼的才情和风格是独特的，也是兼容并包的，不同题材、不同体裁、不同时期的词作呈现的风格也是不同的。

苏轼一生勤奋创作，现存文章四千余篇，涵盖赋、论、策、序、说、记、传、墓志、行状、碑、表状、奏议、启、书、尺牍、杂著、史评、题跋、杂记铭、颂、赞等多种类别。苏轼的史论文立意新奇，见解独到，议论精警，如论古十三篇等。他的政论文多具雄辩之姿，气势纵横，语言明快畅达，如《教战守策》《决壅蔽》《进策》二十五篇等。记体散文内容丰富，艺术性强，语言运用登峰造极，代表其散文的最高成就，如《喜雨亭记》《石钟山记》《方山子传》等。小品文与杂文也在其散文创作中占有重要地位，如《日喻》《稼说》《答参寥书》《记承天寺夜游》等。前后《赤壁赋》则是苏轼文赋的佳作。

　　"言语风格是语言由于使用中受不同交际环境的影响或制约而形成的一系列言语特点的综合表现。"[1]言语风格是作家作品修辞风格的有机组成部分。苏轼在《自评文》中说:"吾文如万斛泉源,不择地而出,在平地滔滔汩汩,虽一日千里无难。及其与山石曲折,随物赋形而不可知也。所可知者,常行于所当行,常止于不可不止,如是而已矣。"又在《答谢民师推官书》中言:"大略如行云流水","文理自然,姿态横生"。"随物赋形"是其行文手法,"文理自然,姿态横生"是其风格特点。后人将韩愈、苏轼并称为"韩潮苏海",也是对其散文风格的精准概括。吴伟业认为:"韩如潮,欧如澜,柳如江,苏其如海乎!"[2]苏轼散文的风格确实如海般汪洋恣肆。苏轼散文的修辞风格主要体现在其语言表达、意境营造和结构安排等方面。他的语言生动有力,富有节奏感,常常运用比喻、拟人、夸张等修辞手法,使作品具有鲜明的个性和强烈的艺术感染力。同时,苏轼擅长通过细腻入微的描绘,营造出深邃悠远的意境,使读者在品味其作品时能够领略到独特的审美体验。

　　亭台堂阁记体现了其"文理自然,姿态横生"的风格特点。他的亭台堂阁记往往将景、情与妙理融为一体,体现出行云流水的风格。《灵璧张氏园亭记》开篇的诗情画意先声夺人:"道京师而东,水浮浊流,陆走黄尘,陂田苍莽,行者倦厌。凡八百里,始得灵璧张氏之园于汴之阳。其外修竹森然以高,乔木翁然以深,其中因汴之余浸,以为陂池;取山之怪石,以为岩阜。"《宝绘堂记》在题目之外生发议论,开篇便道出"君子可以寓意于物,而不可以留意于物"的论点。《墨宝堂记》也是不循常理,不守成规,阐述积极用世的人生观,出人意表。《凌虚台记》也不只是写台,发出"夫台犹不足恃以长久,而况于人事之得丧,忽往而忽来者欤"的议论。这些议论即文章的题旨。这样的布局谋篇体现了苏轼亭台堂阁记姿态横生、游刃有余的特点。正如苏轼在《书吴道子画后》

---

1 郑远汉:《言语风格学》,武汉:湖北教育出版社,1998年,第1页。

2 吴伟业:《苏长公文集序》,转引自曾枣庄《苏文汇评》,成都:四川文艺出版社,第573页。

中说:"出新意于法度之中,寄妙理于豪放之外。"

精妙的构思也体现了苏轼散文"自是一家"的创作理念。《醉白堂记》开篇是两个问句:"天下之士,闻而疑之,以为公既已无愧于伊、周矣,而犹有羡于乐天,何哉? 轼闻而笑曰:公岂独有羡于乐天而已乎?"苏轼层层设置悬念,吸引读者的阅读兴趣,接着以韩琦与白居易三个方面的对比答疑解惑,得出韩琦优于白居易,无须羡慕他的结论。《庄子祠堂记》是驳论文,先针对《史记》的观点,提出己方观点:"余以为庄子盖助孔子者",接着以庄子的文章举例论证,还通过辨析庄子作品的真伪进一步论证观点,最后得出确论。同为借堂论人,苏轼的构思也各有千秋,体现其对风格创新的追求。

亭台堂阁记打破文体的界限,借鉴赋体的问答式组织篇章,也是其风格多样性的表现。《雪堂记》通篇是主客问答形式。《观妙堂记》不忧道人与欢喜子的问答是文章的主体。以散文来写喜雨题材本就不多见,更何况大部分都是对话的《喜雨亭记》,其艺术价值高,可以成为这类题材散文的一枝独秀。这是苏轼对散文风格的一种成功的探索。骈文与散文相组合来构建篇章使散文形式呈现多样性。骈文有时在内容和主题上起到补充和深化的作用。《放鹤亭记》中结尾的放鹤招鹤之歌:"鹤飞去兮,西山之缺。高翔而下览兮,择所适。……"补充了前文的内容,运用骚体诗的意境来拓展文章的意境,深化了文章归隐的主题。另外,《胜相院经藏记》的偈言、《成都大悲阁记》的颂都是散文中的骈文。

"文理自然,姿态横生"是苏轼散文风格的主导性特征,基本在他的杂记类散文、小品文、杂文、史论文、政论文、文赋等各类体裁的作品中有所体现。除此之外,他的散文还体现了平淡自然的艺术特征。因此,苏轼散文的风格既有统一性,也有多样性。"文理自然,姿态横生"在散文中主要表现为立意新奇、谋篇灵活、情感真挚、气势丰沛,借助比喻、拟人、夸张、对比、用典等修辞手法,记叙、描写与议论相结合,熔诗情、画意与哲理于一炉。平淡自然就是反对故意雕琢,推崇"信手拈得俱天成"(《次韵孔毅夫集古人句》),主张"新诗如玉屑，出语便清警"（《次韵王定国谢韩子华过饮》），语言舒朗，隽永自然，给人以空灵美的享受。

苏轼擅长运用连动句式，通过突显动词的连贯性，使句子更具动态感与紧凑的节奏感。"余之此堂，追其远者近之，收其近者内之，求之眉睫之间，是有八荒之趣。"（《雪堂记》）这一句中连用"追""收""求"三个动词，表达自己想借雪堂领略四方神趣的强烈意愿，句子增强了动态感与紧凑感，收紧了文章的节奏。《放鹤亭记》："山人有二鹤，甚驯而善飞，旦则望西山之缺而放焉，纵其所如，或立于陂田，或翔于云表；暮则傃东山而归。故名之曰'放鹤亭'。""放""立""翔""归"等动词写山人与鹤和谐相处，写鹤的自由自在、无拘无束的动作情态，接着就自然而然地点题，整个长句文理清晰，连贯性很强。苏轼散文行云流水的风格正体现在词句松紧的节奏与情感变化的节奏相协调，呈现出收放自如的特点。

陈善《扪虱新话》云："唐文章三变，本朝文章亦三变矣。荆公以经术，东坡以议论，程氏以性理。三者要各自立门户，不相蹈袭。"[1]擅长议论也是苏轼散文风格的主要特点。苏轼总是能在日常事物中发现深刻的道理并用议论的方式表达出来。《超然台记》开头便是议论："凡物皆有可观。苟有可观，皆有可乐，非必怪奇玮丽者也。哺糟啜醨，皆可以醉；果蔬草木，皆可以饱。推此类也，吾安往而不乐？"从正面论述了超然物外的"乐"。接着论道："彼游于物之内，而不游于物之外。物非有大小也，自其内而观之，未有不高且大者也。彼挟其高大以临我，则我常眩乱反覆，如隙中之观斗，又焉知胜负之所在。是以美恶横生，而忧乐出焉，可不大哀乎！"从反面论述"游于物之内"必会悲哀的道理。苏轼的议论切中肯綮，一正一反，一实一虚中，既阐明了超然的涵义，又始终围绕"乐"字，在对比中突出"游于物外"才能无往而不乐的道理。

---

1 陈善著，袁向彤点校：《扪虱新话》卷五，济南：山东人民出版社，2018年，第65页。

　　苏轼散文修辞风格的形成离不开其所处的文化背景和个人经历。在宋代文学繁荣的背景下，苏轼深受前人文学传统的影响，同时又不满足于传统的束缚，积极寻求创新。他的个人经历也为其修辞风格的形成提供了丰富的素材和灵感。从政经历使他对社会现实有了深刻的认识，而游历四方则让他领略到了大自然的壮美与人生的百态。这些经历使得苏轼的作品既具有深刻的思想内涵，又充满了生动的生活气息。

第四章　苏轼散文修辞的继承与创新

历代散文所运用的修辞手段，在苏轼散文中都能找到。苏轼散文的体裁样式也可以在前代散文中找到源头。苏轼散文修辞是在继承前人优秀传统的基础上，在遣词造句、谋篇布局、意境营造及体裁样式等方面不断创新并发展的。本章主要从修辞艺术、体裁形式两个侧面，探讨苏轼散文修辞对前代散文修辞的继承与创新。

第一节　苏轼散文修辞艺术的继承与创新

陈望道考察了语辞形成的三个阶段：收集材料、剪裁配置、写说发表。写说发表最与语言文字的习惯及体裁形式的遗产有关系。[1]修辞可利用的是语言文字的习惯及体裁形式的遗产，就是语言文字的一切可能性，语言文字的可能性可说是修辞的资料、凭借。[2]语言文字的习惯，就是指汉语语言文字本身的特点。汉语声、韵、调的音节结构形成了平仄和押韵的语音修辞特点。汉字单音独体、多义兼容，造成了汉语修辞上析字修辞格的丰富多彩的发展。汉语不重形态变化的语法特点，使对偶、排比、互文等修辞方式尤其丰富。

王庠在《与东坡手书》中说："公之文，四渎也。浩浩乎，浑浑乎，其源之来，长洁而无杂，则是有得于孟子之粹；涵空万顷，口行地中，其气之雄深自

1　陈望道：《修辞学发凡》，上海：复旦大学出版社，2008年，第4—5页。
2　陈望道：《修辞学发凡》，上海：复旦大学出版社，2008年，第6页。

/ 90

然，有得于子长之奇。千里一湾，万里一口，而无荀卿奔放之患；晓烟夕月，四时备润泽之景，而无扬雄之艰苦之癖。至于会百家之异流，经纬天下，泽及万物，虽支流灌既，亦足以起丰年，而其用卒归于仲尼之口。"[1]王庠指出苏轼文章以儒家思想风格为主，融会司马迁、荀子、扬雄等思想风格，在他们的思想风格中继承了优点，摒弃了缺点。苏轼散文修辞手段的运用体现了对前代修辞艺术的继承与创新。

先秦诸子散文受到当时影响较大的诗骚的影响，注重使用韵语。如：

（1）知其雄，守其雌，为天下谿。为天下谿，常德不离，复归于婴儿。（《老子》二十八章）

（2）野马也，尘埃也，生物之以息相吹也。天之苍苍，其正色邪？其远而无所至极邪？（《庄子·逍遥游》）

例（1）"雌""谿""离"押韵。例（2）语气词"也""邪"既押韵，又能调整语气。

苏轼散文也讲究押韵。如：

（3）予乃摄衣而上，履巉岩，披蒙茸，踞虎豹，登虬龙，攀栖鹘之危巢，俯冯夷之幽宫。盖二客不能从焉。（苏轼《后赤壁赋》）

"岩""焉"押韵，"茸""龙""宫"押韵，"豹""巢"押韵。

先秦诸子散文中有大量虚词的运用，如句中语气词、句末语气词等。如：

（4）由是观之，无恻隐之心，非人也；无羞恶之心，非人也；无辞让之心，

1　王庠：《与东坡手书》，转引自曾枣庄《苏文汇评》，成都：四川文艺出版社，2000年，第543页。

非人也；无是非之心，非人也。恻隐之心，仁之端也；羞恶之心，义之端也；辞让之心，礼之端也；是非之心，智之端也。（《孟子·公孙丑上》）

句中语气词"之"，句末语气词"也"起到提顿作用，增强语句的节奏感。

汉赋运用叠音、拟声的语音修辞手法营造音乐美。如：

（5）王雎鼓翼，鸧鹒哀鸣；交颈颉颃，关关嘤嘤。（张衡《归田赋》）

"关关""嘤嘤"是叠音、拟声的形式。

唐宋散文也十分重视虚词的运用。如：

（6）于以见天之高，气之迥，孰使予乐居夷而忘故土者？非兹潭也欤？（柳宗元《钴鉧潭记》）

助词"之""也欤"的使用，使句子语音上更和谐，语气上更流畅。

朱光潜指出："普通说话声音所表现的神情也就在承转、肯否、惊叹、疑问等地方见出，所以古文讲究声音，特别在虚字上做功夫。"[1]苏轼善于运用虚词来表情达意。如：

（7）问其姓名，俯而不答。"呜呼噫嘻！我知之矣！畴昔之夜，飞鸣而过我者，非子也耶？"（苏轼《后赤壁赋》）

语气词"呜呼噫嘻"表达了惊叹、疑问的情感，"耶"传达了疑问之意。

春秋战国时期比喻的形式、功能已经呈现出多样化的特点。明喻喻词已基

---

1 朱光潜：《谈文学》，上海：华东师范大学出版社，2017年，第69页。

本齐备，如"如""若""譬如""犹""似""譬（之）""譬犹"。

（8）不义而富且贵，于我如浮云。（《论语·述而》）

（9）治大国若烹小鲜。（《老子》六十章）

苏轼散文中也有很多有喻词的明喻。如：

（10）国之有奸，犹鸟兽之有猛鸷，昆虫之有毒螫也。（苏轼《论养士》）

春秋战国时期，文体开始骈俪化，尤其是战国时期，省略式的明喻大量出现。《荀子》中排偶句较多，大多是以省略喻词式的明喻的形式出现。如：

（11）鸟之将死，其鸣也衰，人之将死，其言也善。（《论语·泰伯》）

（12）离娄之明，公输子之巧，不以规矩，不能成方圆；师旷之聪，不以六律，不能正五音。尧舜之道，不以仁政，不能平天下。（《孟子·离娄上》）

（13）枸木必将待檃栝烝矫然后直，钝金必待砻厉然后利；人之性恶，必将待师法然后正，得礼义然后治。（《荀子·性恶》）

以比喻构成排偶句来进行说理，是说理散文一直以来的传统，苏轼也继承了这个传统。如：

（14）圣人之治天下，亦如此而已。百官之众，四海之广，使其关节脉理相通为一，叩之而必闻，触之而必应，夫是以天下可使为一身。（苏轼《决壅蔽》）

汉魏时期，比喻用于说理比先秦时期大幅减少。唐宋时期，韩愈、苏轼擅长用比喻说理。如：

（15）近者尝有意吾子之阙焉无言，意仆所以交之之道不至也；今乃大得所图，脱然若沈疴去体，洒然若执热者之濯清风也。（韩愈《答张籍书》）

（16）气，水也；言，浮物也。水大而物之浮者大小毕浮。气之与言犹是也，气盛则言之短长与声之高下者皆宜。（韩愈《答李翊书》）

（17）仆愚陋无所知晓，然圣人之书，无所不读，其精粗巨细，出入明晦，虽不尽识，抑不可谓不涉其流者也。（韩愈《与崔群书》）

例（15）用明喻手法评价与张籍相交如沐清风。例（16）用暗喻来论述"气盛宜言"的观点，浅显易懂。例（17）用借喻来论说圣人之书广而深，读书犹如探其源流的道理。

苏轼也很善于譬喻说理。如：

（18）今也不然，天下有不幸而诉其冤，如诉之于天；有不得已而谒其所欲，如谒之于鬼神。（苏轼《决壅蔽》）

（19）所谓事者，各一人之攸能；所谓贤者，通众贤之咸暨。拟之网罟，先纲而后目；况之布帛，先经而后纬。（苏轼《六事廉为本赋》）

例（18）用明喻极言申诉冤情难度之大。例（19）用捕鱼捕鸟的网的绳与布帛的经线的重要性论说廉洁是为政的原则。

先秦、汉魏南北朝以来，用动植物拟人或以无生命物拟人屡见不鲜。《诗经·豳风·鸱鸮》是以动物拟人。《诗经·桧风·隰有苌楚》是以植物拟人。《庄子·外物》中鲋鱼的拟人化，战国策燕策中的鹬蚌相争的拟人故事，《庄子·人间世》栎树与人交谈，都是动植物拟人故事。刘向《说苑·谈丛》中有枭、鸠的拟人。扬雄《法言·学行》中有螟蛉、蜾蠃的拟人。诗歌中也出现了一些无生命物拟人。《西洲曲》中"南风知我意，吹梦到西洲"是无生命物"南风"的拟人。唐代散文、诗歌沿袭了前代的传统。韩愈《毛颖传》是毛笔的拟人。苏轼继续承袭了这一传统，《万石君罗文传》《黄甘陆吉传》《叶嘉传》《江瑶柱传》《温陶君传》《杜处士传》是砚台、柑桔、茶叶、瑶柱、馒头、杜仲的拟人故事，《黄甘陆吉传》中柑桔还被一分为二，成为两位隐士。

"讽喻是假造一个故事来寄托讽刺教导意思的一种措辞法。"[1]先秦两汉时期的讽喻出现在史传和子书里，比如《战国策》《史记》《汉书》《后汉书》《孟子》《墨子》《韩非子》《庄子》《淮南子》。史传中的讽喻往往出现在人物对话中，如狐假虎威的讽喻出现在《战国策·楚策》荆宣王与江一的对话中。《战国策·齐策》中出现的画蛇添足的讽喻，《战国策·西周策》中出现的养由基学射的讽喻，《战国策·秦策》中出现的曾参杀人的讽喻都是依附于史传的任务对话，目的是劝谏。拔苗助长、弈秋弈棋、守株待兔、刻舟求剑、叶公好龙、塞翁失马、井底之蛙的讽喻都出自子书。魏晋南北朝时期，受佛教的影响，佛经讽喻较多，以《百喻经》影响最大。《百喻经·蛇头尾共争在前喻》讽喻争名逐利的危害。《涅槃经》中有著名的盲人摸象的讽喻故事。唐宋时期讽喻运用较多的当属柳宗元、苏轼。柳宗元的《三戒》《黑说》《鞭贾》《蝜蝂传》《哀溺文》《憎王孙文》《骂尸虫文》《谪龙说》《东海若》《宥蝮蛇文》《鹘说》《种树郭橐驼传》《梓人传》等，都是讽喻的名篇。韩愈有《毛颖传》《圬者王承福传》。欧阳修有《伐树记》《养鱼记》。苏轼模仿柳宗元《三戒》创作《二说》。《乌贼鱼说》讽刺掩耳盗铃招来灾祸的行为。《河豚鱼说》讽喻妄怒招祸，如：

（20）河之鱼，有豚其名者，游于桥间，而触其柱，不知远去。怒其柱之触己也，则张颊植鬣，怒腹而浮于水，久之莫动。飞鸢过而攫之，磔其腹而食之。

---

1 陈望道：《修辞学发凡》，上海：复旦大学出版社，2008年，第98页。

好游而不知止，因以触物，而不知罪己，乃妄肆其忿，至于磔腹而死，可悲也夫！（苏轼《河豚鱼说》）

《日喻》受到《庄子》的影响，其中盲人识日的故事立意与《涅槃经》盲人摸象的讽喻也有相似之处。

苏轼在用典上也是别具匠心。引用语典的关键在于引用恰当，运用巧妙。苏轼在《省试刑赏忠厚之至论》中就引用《左传》"赏疑从与，所以广恩。罚疑从去，所以慎刑也"、《尚书》"罪疑惟轻，功疑惟重，与其杀不辜，宁失不经"、《诗》"君子如祉，乱庶遄已。君子如怒，乱庶遄沮"，通过引用这些经典中的话来证明自己主张治理国家要"以君子长者之道"的观点。

引用历史典故既内容详备又指向明确。如《策别训兵旅（二）》开头称引三代之制"三代之兵，不待择而精，其故何也？兵出于农，有常数而无常人，国有事，要以一家而备一正卒，如斯而已矣"，劝皇帝精兵简政，苏轼引用三代君主的圣明之举，也是对皇帝的恭维，获得了很好的劝谏效果。

吴子良早就注意到了苏轼对前贤语句的化用，"《庄子内篇·德充符》云：'自其异者视之，肝胆楚越也。自其同者观之，万物皆一也。'东坡《赤壁赋》云：'盖将自其变者而观之，虽天地曾不能以一瞬。自其不变者而观之，则物与我皆无尽也，而又何羡乎！'盖用《庄子》语意"[1]。苏轼擅长化用前人语句，"以故为新"，创作出更合适的语句去适应文章的题旨。

苏轼在继承前人修辞传统的基础上，对各种修辞手法进行了深化和发展。他善于运用比喻、拟人等修辞手法，使文章更加生动、形象；同时，他还善于运用对偶、排比等修辞手法，增强文章的节奏感和韵律美。苏轼通过对前人修辞手法的深化和发展，使自己的散文作品在修辞上更加精湛和成熟。苏轼主张

---

1 吴子良：《荆溪林下偶谈·坡赋祖庄子》，转引自曾枣庄《苏文汇评》，成都：四川文艺出版社，2000年，第6—7页。

"用事当以故为新，以俗为雅"，注重用事手法上的创新，要创造性地引事引言。四六重用典，苏轼用典一改卖弄用事的弊端，以不逾越规范的话明白如常地表达，妥帖而雅致。如：

（21）只影自怜，命寄江湖之上；惊魂未定，梦游缧绁之中。（苏轼《谢量移汝州表》）

"子牟身居江湖之上"出自《吕氏春秋·审为》，"公冶长虽在缧绁之中"出自《论语·公冶长》，苏轼化用典故，调整为对仗的形式，化散句为整句，自然天成，有文采典雅之美而无浮华雕琢之病。

（22）若醯，非不酸也，止于酸而已；若醝，非不咸也，止于咸而已。华之人所以充饥而遽辍者，知其咸酸之外，醇美者有所乏耳。（司空图《与李生论诗书》）

（23）其诗论曰："梅止于酸，盐止于咸，饮食不可无盐梅，而其美常在咸酸之外。（苏轼《书黄子思诗集后》）

苏轼化用司空图之语，简洁凝练，用在为黄子思诗集的跋中，切合题旨。

（24）就使当今砂砾化为南金，瓦石变成和玉，使百姓饥无所食，渴无所饮。（刘陶《改铸大银议》）

（25）使天而雨珠，寒者不得以为襦。使天而雨玉，饥者不得以为粟。（苏轼《喜雨亭记》）

二者文意相同，苏轼师法其意而胜于其表达。刘陶的句子是整散结合，而苏轼的句子是排偶句式，语音上还押韵，朗朗上口，易于记诵。

苏轼还经常化用自己诗歌中的语句用在散文中。如：

（26）莫道山中食无肉，玉池清水自生肥。（苏轼《次韵沈长官》）

（27）锵琼佩之落谷，滟玉池之生肥。（苏轼《天庆观乳泉赋》）

（28）杳杳天低鹘没处，青山一发是中原。（苏轼《澄迈驿通潮阁》）

（29）南望连山，若有若无，杳杳一发耳。（苏轼《伏波将军庙碑》）

苏轼散文中还经常借鉴前人的作文之法并进行创新。如：

（30）每定省家舅，从北门入。西望隆中，想卧龙之吟；东眺白沙，思凤雏之声；北临樊墟，存邓老之高；南眷城邑，怀羊公之风；纵目檀溪，念崔、徐之友；肆睇鱼梁，追二德之远；未尝不徘徊移日，惆怅极多。抚乘踌躇，慨尔而泣曰：若乃魏武之所置酒，孙坚之所陨毙，裴、杜之故居，繁、王之故宅，遗事犹存，星列满目。璨璨常流，碌碌凡士，焉足以感其方寸哉？夫芬芳起于椒兰，清响生乎琳琅。命世而作佐者，必垂可大之余风；高尚而迈德者，必有明胜之遗事。若向八君子者，千载犹使义想其为人，况相去之不远乎？彼一时也，此一时也，焉知今日之才不如畴辰。百年之后，吾与足下不并为景升乎？（习凿齿《与桓秘书》）

（31）而园之北，因城以为台者旧矣，稍葺而新之。时相与登览，放意肆志焉。南望马耳、常山，出没隐见，若近若远，庶几有隐君子乎！而其东则卢山，秦人卢敖之所从遁也。西望穆陵，隐然如城郭，师尚父、齐桓公之遗烈，犹有存者。北俯潍水，慨然太息，思淮阴之功，而吊其不终。台高而安，深而明，夏凉而冬温。雨雪之朝，风月之夕，余未尝不在，客未尝不从。撷园蔬，取池鱼，酿秫酒，瀹脱粟而食之，曰："乐哉游乎！"（苏轼《超然台记》）

习凿齿运用四望法从西、东、北、南四个方向铺叙景物描写，表达思想情感，由眼前之景物想起历史人物，如魏武、孙坚等，继而抒发对人生、历史的感慨，蕴含了厚重的沧桑沉郁感。苏轼运用四望法写完所见所想后，又在想象感慨中回到现实，写超然台的环境，叙述自己与朋友经常登台游玩，相对习文，又有了进一步的发展。习文的四望法写景运用了排偶句式，工整匀齐，而苏文不落俗套，运用散形句，错落有致。

第二节　苏轼散文体裁形式的继承与创新

古代散文有丰富的体裁形式的遗产，散文的文体、语体的不断传承又推陈出新，如先秦时期的历史散文、诸子散文、寓言，汉赋、汉代散文、史传文学，魏晋南北朝的赋、散文，唐代散文等。古代诗歌也是如此，有二言体、四言体、五言体、七言体及杂言体等多种体裁样式。苏轼散文体裁形式对前代各种体裁形式进行了继承与创新。

"东坡文有与天为徒之意。前此则庄子、渊明、太白也。"[1]"与天为徒"是指向万物学习，天人合一。向庄子、渊明、太白等古人学习，学习他们的创作思想、行文风格。学庄子汪洋恣肆，作《超然台记》超人与物外；学渊明真率淡然，作《方山子传》隐逸淡泊；学太白清新自然，作《清风阁记》通达流畅。苏轼的政论文的论证手法和说理风格受到《孟子》《战国策》和贾谊、陆贽的影响，博古通今，纵横捭阖，雄辩高谈，气势逼人。"东坡文，亦孟子，亦贾长沙；陆敬舆亦庄子，亦秦、仪。心目窒隘者，可资其博达以自广，而不必概以纯诣律之。"[2]刘熙载评价苏文学孟子，学贾谊，是为确论。

《孟子》中的政论文长于雄辩，善于运用比喻和寓言来说理，逻辑性强，感情充沛，气势逼人。苏轼的政论文的论证手法和说理风格正是受其影响。《孟子

1　刘熙载著，叶子卿点校：《艺概》，杭州：浙江人民美术出版社，2017年，第204页。
2　刘熙载著，叶子卿点校：《艺概》，杭州：浙江人民美术出版社，2017年，第32页。

齐桓晋文之事》是孟子说服齐宣王施行王道的一次精彩论辩。孟子与齐宣王关于霸道与王道的观点本就对立，孟子巧妙地以"以羊易牛"的故事引起齐宣王对王道的关注，引人入彀，层层紧逼，最终正面阐述王道的主张。文章跌宕多姿，气势充沛。苏轼也善于运用比喻、寓言来说理。苏轼的《决壅蔽》开头以疑问句"所贵乎朝廷清明而天下治平者，何也?"引起皇帝的注意力，引出"何为理想的吏治"的问题。然后举历史上吏治的例子进行古今对比、正反对比，叙议结合并运用了比喻的手法来阐明道理。文章既指出了弊病之所在及其危害，也提出了解决的方法，层次分明，语言明朗，议论畅达。《拟进士对御试策》中"今无知人之明，而欲立非常之功，解纵绳墨以慕古人，则是未能察脉而欲试华佗之方，其异于操刀而杀人者几希矣"，运用比喻的手法来说理，把没有知人之明的行为类比成未把脉就下药、操刀杀人的行为，把抽象的道理具体化，通俗明了地阐述了问题的严重性。《代滕甫论西夏书》中"彭祖观井，自系大木之上，以车轮覆井，而后敢视"就是用彭祖观井的寓言故事劝谏皇帝谨慎用兵。

《战国策》擅长叙事、写景与人物刻画，并能达到和谐统一的效果。如《战国策·燕太子丹质子秦亡归》篇的易水送别一段，场景悲怆，人物情绪悲壮，记叙、描写、抒情融为一体，震撼人心。苏轼散文中的叙事、描写等受其影响，继承了其优点。如：

（1）篔筜谷在洋州，与可尝令予作《洋州三十咏》，篔筜谷其一也。予诗云："汉川修竹贱如蓬，斤斧何曾赦箨龙。料得清贫馋太守，渭滨千亩在胸中。"与可是日与其妻游谷中，烧笋晚食，发函得诗，失笑喷饭满案。（苏轼《文与可画篔筜谷偃竹记》）

苏轼寥寥数语记叙了文与可的趣人趣事，人物刻画入木三分，诗的运用谐趣幽默，增强了文章的表现力。与易水送别的"风萧萧兮易水寒，壮士一去兮不复还"有异曲同工之妙。

贾谊的政论散文雄辩滔滔,感情丰沛,气势奔放,擅长运用铺陈、对照、比喻、排比的手法增强文章的艺术表现力。《过秦论》指出秦朝统治者的过失,分析秦亡的原因,总结秦亡的教训。文章运用了铺陈、对照、比喻、排比的手法夹叙夹议,说理精辟,汪洋恣肆。苏轼散文在论辩风格和论说技巧上继承了这一特点。如:

(2) 春秋之末,至于战国,诸侯卿相皆争养士。自谋夫说客、谈天雕龙、坚白同异之流,下至击剑、扛鼎、鸡鸣、狗盗之徒,莫不宾礼。靡衣玉食以馆于上者,何足胜数。越王勾践,有君子六千人。魏无忌、齐田文、赵胜、黄歇、吕不韦,皆有三客千人。而田文招致任侠奸人六万家于薛。齐稷下谈者亦千人。魏文侯、燕昭王、太子丹,皆致客无数。下至秦、汉之间,张耳、陈馀号多士,宾客厮养,皆天下豪俊。而田横亦有士五百人。其略见于传记者如此。度其余当倍官吏而半农夫也。此皆奸民蠹国者,民何以支,而国何以堪乎?

苏子曰:此先王之所不能免也。国之有奸,犹鸟兽之有鸷猛,昆虫之有毒螫也。区处条理,使各安其处,则有之矣,锄而尽去之,则无是道也。吾考之世变,知六国之所以久存,而秦之所以速亡者,盖出于此,不可以不察也。(苏轼《论养士》)

文章开篇以铺陈、对照、比喻、排比的手法论说六国之所以久存在而秦朝快速灭亡的原因在于养士。文章结构严谨,逻辑清晰,说理透彻。

苏轼善于从史传文学中汲取作文之法。罗大经在《鹤林玉露》中说:"太史公《伯夷传》,苏东坡《赤壁赋》,文章之绝唱也。其机轴略同……东坡步骤太史公者也。"[1]"机轴略同"即指苏轼《赤壁赋》的作文法模仿司马迁《伯夷传》

---

1 罗大经:《鹤林玉露》甲编卷六《伯夷传赤壁赋》,转引自曾枣庄《苏文汇评》,成都:四川文艺出版社,2000年,第7-8页。

的史传写法，以虚为实，叙议结合，文章流畅自然。

陆贽写的奏议《均节赋税恤百姓六条》《论裴延龄奸蠹书》，分析朝政时事，剖明是非得失，情理结合，兼有骈文和散文的长处。他的奏议散句双行，单句变复句，还在骈句中夹杂单句，避免使用过多的典故，体现了当时骈文向散文转化的趋势。苏轼的奏议在手法和风格上深受他的影响，句子的散化更加突出，文辞也更加流畅，在语言表达上更加通俗。如：

（3）右臣伏以得人之道，在于知人，知人之法，在于责实。使君相有知人之才，朝廷有责实之政，则胥史皂隶，未尝无人，而况于学校贡举乎？虽因今之法，臣以为有余。使君相无知人之才，朝廷无责实之政，则公卿侍从，常患无人，况学校贡举乎？虽复古之制，臣以为不足矣。（苏轼《议学校贡举状》）

苏轼的奏议文理自然，气势充沛，行云流水般流畅。

在继承传统散文体裁的基础上，苏轼更是在体裁样式上进行了创新与拓展。这主要受到其文道观和意法观的影响。

苏轼的文道观主要体现在对传统文道观的拓展。韩愈、欧阳修论道主要是儒家的"文以载道""文以明道"的传统观念，苏轼突破了文道的传统观念，吸收了释、道的思想，主儒术而不为所迁，杂佛老而不为所溺，扩大了道的范围，是"道统"认识上的飞跃与发展，进而丰富了作品的内容，增强了作品的活力。苏轼在《日喻》中以"盲人识日""北人学没"为喻，将"道"解释为存在于世间万物中的客观规律，强调它通过学习可以掌握。致道当然也离不开丰富的生活经验的积累。苏轼在《江行唱和集叙》中说："夫昔之为文者，非能为之为工，乃不能不为之为工也。山川之有云雾，草木之有华实，充满勃郁，而见于外，夫虽欲无有，其可得耶！……而山川之秀美，风俗之朴陋，贤人君子之遗迹，与凡耳目之所接者，杂然有触于中，而发于咏叹。"艺术创作依赖于丰富的生活感受的触发，"耳目之所接者，杂然有触于中"，在这种情况下，"山川之有云雾，草木之有华实，充满勃郁，而见于外"，生活体验触发了创作者的感兴，艺术作品就自然而然地在心中诞生了，这个时候便可以用文章展现出来。

苏轼的意法观体现在意法兼得，更注重意上。苏轼在《书吴道子画后》中说："出新意于法度之中，寄妙理于豪放之外。推之于书，但尚法度与豪放，而无新意、妙理，末矣。"苏轼认为，与法度、豪放相比，新意、妙理更为重要。苏轼在《石苍舒醉墨堂》中说："我书意造本无法，点画信手烦推求。"苏轼主张无法之法。刘熙载曾言："东坡《进呈陆宣公奏议札子》云：'药虽进于医手，方多传于古人。'《上神宗皇帝书》云：'大抵事若可行，不必皆有故事。'盖法高于意则用法，意高于法则用意，用意正其神明于法也。文章一道，何独不然。"[1]刘熙载认为苏轼散文意法兼得，意如文章的神明、灵魂一般统率着法。

创作的题材、体裁扩大了，立意新而奇，谋篇灵活，手法不拘一格，于是就能够创作出更多思想深刻、语言优美的佳品。

在史论文的命意上，苏轼做到出新意，出奇意。《论范增》从范增的角度去立意，假设范增去意已决，"当以何事去？"接着探究范增离去的时机，"增之去，当于羽杀卿子冠军时也。"又为范增假设"诛之"和"去之"两个办法，"为增计者，力能诛羽则诛之，不能则去之，岂不毅然大丈夫也哉！"在行文上，前有伏笔，后有照应，虚处设想，实处议论，结构严谨，衔接自然，语言平易，说理精辟。《贾谊论》立意奇，苏轼从贾谊自身性格的角度分析，认为贾谊悲剧的原因在于不能"自用其才""不善处穷""志大而量小"，批评其不知结交大臣以图见信于朝廷。

苏轼的谋篇笔法也注重出新出奇。《上梅直讲书》开篇看似与梅尧臣无关，却是以暗喻手法，以欧阳修、梅尧臣之德比孔子之德，以自己之乐比孔子弟子

---

1 刘熙载著，叶子卿点校：《艺概》，杭州：浙江人民出版社，2017年，第44页。

颜渊、子路之乐，不仅含蓄地表达了对欧阳修、梅尧臣的赞扬，还抒发了士遇知己的快乐及自己远大的抱负，委婉又得体。《钱塘勤上人诗集叙》开篇也没有提惠勤，而是运用衬托手法，以翟公的罪客来映衬欧阳公的罪己，赞扬欧阳公"贤于古人远矣"，再通过惠勤对欧阳公的涕泣不忘，突出强调惠勤之贤。衬托手法的运用产生的效果远远好于平铺直叙地记叙议论惠勤之贤。

苏轼善于将诗歌的韵味和意境融入散文之中，使其散文具有了独特的艺术魅力。如：

（4）清风徐来，水波不兴。举酒属客，诵明月之诗，歌窈窕之章。少焉，月出于东山之上，徘徊于斗牛之间。白露横江，水光接天。纵一苇之所如，凌万顷之茫然。浩浩乎如冯虚御风，而不知其所止；飘飘乎如遗世独立，羽化而登仙。（《赤壁赋》）

这段景物描写具有诗歌的意象：山、水、风、月，构建了一种风雅朦胧、飘飘欲仙的意境，融入了苏轼的志趣、情趣。句子有押韵，整散结合，形成了节奏感，增强了音乐美。又如：

（5）彭城之山，冈岭四合，隐然如大环，独缺其西十二，而山人之亭适当其缺。春夏之交，草木际天。秋冬雪月，千里一色。风雨晦明之间，俯仰百变。（《放鹤亭记》）

这段运用比喻手法写放鹤亭的位置，形象生动，渲染了巧妙缥缈的氛围。写四季美景运用排比句式，节奏明快，突出其百变多姿的特点。意象与意境皆美，用语简洁凝练，具有诗一般的韵致。

"苏轼文章具有'破体'特点，亦即使用多种文体的表现手法来抒情表志。如'记'体文章中往往有抒情、议论，而'论'体文中又往往有叙事成分。"[1]《日喻》中叙述了盲人识日、南人没水两个寓言故事，阐述了"道可致不可求"的道理。《潮州韩文公庙碑》在记叙了韩愈一生的重要事件之外，高度评价了韩愈在儒学和文学上的贡献，讨论其人生得失，抒发自己对先贤的敬仰之情。议论、抒情与记叙契合无间。

苏辙在《亡兄子瞻端明墓志铭》中对苏轼后期文章的特点和成就进行了论述："既而谪居于黄，杜门深居，驰骋翰墨，其文一变，如川之方至，而辙瞠然不能及矣。后读释氏书，深悟实相，参之孔、老，博辩无碍，浩然不见其涯也。……至其遇事所为诗、骚、铭、记、书、檄、论、撰，率皆过人。"[2]苏轼在黄州进入了创作的爆发期，文风随之一变，再对儒释道方面的思想融会贯通后，达到了"博辩无碍，浩然不见其涯也"的臻境。苏轼的文章突破了各种体裁的限制，取得了无体不备的成就。

1《中国古代文学史》编写组：《中国古代文学史 中册》，2版，北京：高等教育出版社，2018年，第278页。
2 苏辙著，陈宏天、高秀芳点校：《苏辙集》，北京：中华书局，2017年，第1127页。

第五章　苏轼散文体裁样式的修辞创新

　　王水照认为苏轼是"新古文的集大成者，和其变体（小品文）的开启者"[1]。从体裁样式的创新上来说，苏轼散文对各类体裁样式的创制与发展作出了很大的贡献。本章从赋、记体散文、书序、题跋、小品文五个专题探讨苏轼散文在体裁样式上的创新。

第一节　苏轼赋体裁样式的创新

　　苏轼对赋的发展和创新体现在骈句和散句相杂，体裁样式上呈现散文化的趋势。苏轼共有二十七篇赋，他对骚体赋、骈赋、律赋进行了不同程度的创新，更大的贡献是在文赋的创制上。苏轼适当地继承了传统赋的铺陈、排比、设问的手法，错落地押韵，又采取散文的笔势，打破固定的句式、韵律，多用虚词，少用对偶，句式整散交错，在表达方式上增加记叙、抒情的成分，重在议论，熔景、事、情、理于一炉，造就了散文诗般的文赋。

　　苏轼的骚体赋继承了传统骚赋的"兮"字体和想象手法，突破了骚体整齐的句式，加入了很多散句。以贾谊《吊屈原赋》与之对比：

　　（1）鸾凤伏窜兮，鸱枭翱翔。闟茸尊显兮，谗谀得志；贤圣逆曳兮，方正

1　王水照，朱刚：《苏轼评传》，武汉：长江文艺出版社，2019年，第356页。

倒植。世谓随、夷为溷兮，谓跖、蹻为廉；莫邪为钝兮，铅刀为铦。吁嗟默默，生之无故兮；斡弃周鼎，宝康瓠兮。腾驾罢牛，骖蹇驴兮；骥垂两耳，服盐车兮。章甫荐屦，渐不可久兮；嗟苦先生，独离此咎兮。（贾谊《吊屈原赋》）

（2）去家千里兮，生无所归而死无以为坟。悲夫！人固有一死兮，处死之为难。徘徊江上欲去而未决兮，俯千仞之惊湍。赋《怀沙》以自伤兮，嗟子独何以为心。忽终章之惨烈兮，逝将去此而沉吟。吾岂不能高举而远游兮，又岂不能退默而深居？独嗷嗷其怨慕兮，恐君臣之愈疏。生既不能力争而强谏兮，死犹冀其感发而改行。苟宗国之颠覆兮，吾亦独何爱于久生。托江神以告冤兮，冯夷教之以上诉。历九关而见帝兮，帝亦悲伤而不能救。（苏轼《屈原庙赋》）

《吊屈原赋》句式整齐，《屈原庙赋》则是整散结合，整齐之中又错落有致，将诗歌的抒情性与散文的自由挥洒巧妙结合，别有韵致。苏轼的骚体赋还有《服胡麻赋》《中山松醪赋》等。

骈赋即骈四俪六，讲究对仗，两句成联，辞藻华丽。苏轼的骈赋突破了四六句法，整中有散。以曹植《白鹤赋》与之对比：

（3）嗟皓丽之素鸟兮，含奇气之淑祥。薄幽林以屏处兮，荫重景之馀光。狭单巢于弱条兮，惧冲风之难当。无沙棠之逸志兮，欣六翮之不伤。承邂逅之倪幸兮，得接翼于鸾凰。同毛衣之气类兮，信休息之同行。痛美会之中绝兮，遵严宍而逢殃。共太息而祇惧兮，抑吞声而不扬。伤本规之违忤，怅离群而独处。恒审伏以穷栖，独哀鸣而戢羽。冀大纲之难结，得奋翅而远游。聆雅琴之清韵，记六翮之未流。（曹植《白鹤赋》）

（4）彼野人之何知，方伛偻而畦菜。嗟夫，昆阳之战，屠百万于斯须，旷千古而一快。想寻、邑之来阵，兀若驱云而拥海。猛士扶轮以蒙茸，虎豹杂沓而横溃。罄天下于一战，谓此举之不再。（苏轼《昆阳城赋》）

苏轼的句式突破四六和对偶句法，对偶自然灵动，为记叙、抒情服务，以古文气势驱遣骈句，语言质朴，行文错落流动。苏轼的骈赋还有《酒隐赋》《洞庭春色赋》《菜羹赋》《老饕赋》等。

律赋是讲究格律、押韵的赋体，音韵和谐，对偶工整。苏轼的律赋不是严格地遵守协律、对偶的规范，句式上散句、骈句、骚体句兼有。以庾信《马射赋》与之对比：

（5）於是选朱汗之马，校黄金之埒，红阳飞鹊，紫燕陆沈，唐成公之骎骎，海西侯之千里，莫不饮羽衔竿，吟猿落雁，锺鼓振地，埃尘涨天，采则锦市俱移，钱则铜山合徙，实天下之至乐，景福之欢欣者也。（庾信《马射赋》）

（6）贤者之乐，快哉此风。虽庶民之不共，眷佳客以攸同。穆如其来，既偃小人之德；飒然而至，岂独大王之雄。若夫鹢退宋都之上，云飞泗水之湄。寥寥南郭，怒号于万窍；飒飒东海，鼓舞于四维。固以陋晋人一唉之小，笑玉川两腋之卑。野马相吹，抟羽毛于汗漫；应龙作处，作鳞甲以参差。（苏轼《快哉此风赋》）

苏轼的律赋句式整散结合，在押韵上不那么严格。苏轼的律赋作品还有《复改科赋》《通其变使民不倦赋》《明君可与为忠言赋》《浊醪有妙理赋》等。

文赋是受唐宋古文运动的影响，在北宋时期正式形成的，有趋向于散文化的特点。文赋句式以四言、六言为主，长句运用较多。文赋重视虚词的使用，如"之""也""乎""哉""邪""矣""焉"等。文赋的用韵比较自由。欧阳修的《秋声赋》是代表作品，形制上虽沿袭了古赋的铺陈传统，语言上则一改以往堆砌辞藻、大量用典的风格，是以文为赋的奠基之作。苏轼在此基础上，进一步创新，《赤壁赋》代表了宋代文赋体制的成熟和最高成就。《赤壁赋》在结构上承袭了主客问对的形式，立意则偏向于释、道之学，将游记散文的手法运用其中，句式以散句为主，掺杂较多四字句、六字句。《赤壁赋》全文共九十三句，散句就有五十多句。散句最少一字，最多十二字，句式参差错落。它不拘格律，押韵方式较自由，排韵、交韵皆有。文赋打破了诗歌与散文文体上的藩篱，"歌明月之诗，诵窈窕之章"暗用《诗经·月出》"月出皎兮，佼人僚兮。舒窈纠兮，劳心悄兮。"将诗情画意融入文章里。苏轼即兴创作了骚体诗："桂棹兮兰桨，击空明兮溯流光；渺渺兮予怀，望美人兮天一方。"这首诗是化用了《楚辞·少司命》"望美人兮未来，临风怳兮浩歌"的诗意，亦是对诗境的发挥与拓展，进而丰富了散文的意境，"月"与"美人"的意象的象征意义也切合文章的题旨情境，为后文的"水与月"哲学论辩建构了对象。它在表达上增加了更多的议论，融记叙、抒情、议论为一体，做到了诗情画意和哲学思辨的完美融合。苏轼创作的文赋还有《滟滪堆赋》《后赤壁赋》《秋阳赋》《天庆观乳泉赋》《杞菊赋》《黠鼠赋》《沉香山子赋》等。

第二节　苏轼记体散文体裁样式的创新

苏轼共有六十一篇记体散文。按照题材，记体散文可以分为亭台堂阁记、山水游记、书画记和杂记四大类。在二十六篇亭台堂阁记中，苏轼突出人的主观意识，彻底打破了传统三段式的格局，叙述、描写、议论灵活运用，善于吸收其他体裁的表现手法。第一类是先叙后议。《凤鸣驿记》先记叙昔日与如今凤鸣驿站的变化，再由这种变化阐发"君子之治"的议论，再进一步阐释"乐而喜从事"的人生观点。类似的还有《凌虚台记》和《墨妙亭记》等，以叙事作为铺垫，以议论说理作为核心，叙事跌宕转折，议论精深，纵横睥睨。第二类是叙议交杂。《放鹤亭记》记叙中含议论，两者交织不可分，围绕一个"乐"字，自问自答，论证隐居之乐。结尾以骚体诗作结，增加了抒情的意味。同样，《盖公堂记》和《灵壁张氏园亭记》等也将议论蕴于记叙之中，以所叙述的古今事例将说理点明。第三类是以议论为主体。《超然台记》开篇以议论入手，先正面论述超然于物外的乐处，再反面论证不超然的悲哀之处，议论之笔酣畅淋漓。

这一类还有《宝绘堂记》《清风阁记》等。第四类以记叙抒情为主。《喜雨亭记》主要记叙了扶风遇旱求雨与建造喜雨亭的事情，抒发了强烈的"喜雨"之情，描写了官民之间的欢乐氛围，最后借鉴了诗歌体裁，以歌词作结，非常有创意。《雪堂记》借鉴了辞赋的体裁表现手法，以主客问答的形式议论，借客之口阐述了庄禅思想的核心，在体制上以骚体诗作结，也是别出心裁。第五类是前后记叙中间议论。《醉白堂记》开头写亭命名的由来，结尾写作记缘由，中间是对韩琦和白居易的对比，人物褒贬寓于对比之中，旨在赞扬韩琦的贤德。以上诸篇，可见苏轼在创作之时，打破固有结构，不拘格式，大胆变化。因而其台阁名胜记布局波澜起伏，又扣人心弦，行文与思想情感达到高度统一。

苏轼的山水游记突破了以写景记游为主的传统格式，触景引发议论，借题议理，强化了自我感受的抒发。如《石钟山记》全文前后议论，中间叙事写景，阐发了"事不可主观臆断"的道理，突出了文章的主题，虽然运用了游记的题材，但主要阐述了思想方法的见解，是别出心裁的说理散文。《游桓山记》主要是借游览表达自己的志向和哲学观。如：

（1）或曰："鼓琴于墓，礼欤？"曰："礼也。季武子之丧，曾点倚其门而歌。仲尼，日月也，而魋以为可得而害也。且死为石椁，三年不成，古之愚人也。余将吊其藏，而其骨毛爪齿，既以化为飞尘，荡为冷风矣，而况于椁乎，况于从死之臣妾、饭含之贝玉乎？使魋而无知也，余虽鼓琴而歌可也。使魋而有知也，闻余鼓琴而歌知哀乐之不可常、物化之无日也，其愚岂不少瘳乎？"（《游桓山记》）

苏轼在桓魋墓旁的这些议论，言在此而意在彼，知与不知，生与死，变与不变，不是绝对的，两种状态可以合二为一，也可以一分为二。人的主观意识与客观的自然界可以分开来看，人对桓魋的评价并不会影响桓山的客观物质性。

文章的立意主要体现了苏轼的辩证思想，情与理的突出，使哲理思辨色彩更为浓重，对以赏玩景物为主的游记散文是一种突破。正如宗白华所说，文艺从它的右邻"哲学"获得深隽的人生智慧、宇宙观念，使它能执行"人生批评"和"人生启示"的任务。[1]

苏轼还有一部分游记散文，随物赋形，涉笔成趣，带有诗一般的意境，写景抒情完美融合，甚至有的短小篇章是随笔小品文。如《记承天寺夜游》《书清泉寺词》等篇，文笔简洁明快，清新幽美而理在其中。这类记体散文，可谓明清小品的祖型。

苏轼还有一些画记、学记和藏书记具有"以论为记"的特色。"以论为记"是宋人作记的普遍特点。陈师道说："退之作记，记其事耳；今之记乃论也。"[2]《净因院画记》论说了绘画的"常理"，就是要通过观察抓住所画之物的神韵。《文与可筼筜谷偃竹记》表面上是一篇画记，实际上由画说到已故画家的绘画主张，进而联系两人交往，抒发怀人之情。以画为主线，以友情为中心，一文身兼画记、文论、祭文三体功能。《画水记》则论述了绘画要及时地抓住转瞬即逝的灵感的道理。《传神记》阐述了如何在绘画中一笔传神的道理。《南安军学记》以议论为主，记叙为辅。《李氏山房藏书记》首段论书之珍贵，第二段论古人见书之难，而今人有书却不读，第三段记李公择藏书室之事，结尾交代作记缘由。把人与书的关系作为全文中心，借题发挥，不为记叙，而为立说。

"苏轼还有意打破文体的严格界限，使之互相吸取。"[3]有的记体散文的结尾以歌作结，利用歌的意象与内容去托物言志，抒发情感，深化文章的主题。如：

（2）二三子喟然而叹，乃歌曰："桓山之上，维石嵯峨兮。司马之恶，与石

1 宗白华：《美学散步》，上海：上海人民出版社，1981年，第24页。
2 陈师道：《后山诗话》，载何文焕辑：《历代诗话》，北京：中华书局，1981年，第309页。
3 王水照：《王水照自选集》，上海：上海教育出版社，2000年，第545页。

不磨兮。桓山之下，维水活活兮。司马之藏，与水皆逝兮。"歌阕而去。（《游桓山记》）

这首歌运用比兴手法，通过歌颂桓山的美景，慨叹了罪恶不可磨灭及珠宝随水而逝。"石"与"水"的意象具备了象征意义，作者把对人生、宇宙的洞悉与领悟寄托在这首骚体诗里，有含蓄蕴藉之情致，起到了深化文章主旨的作用。诗歌的一唱三叹，音韵和谐也增强了文章的韵律美。再如：

（3）乃作放鹤、招鹤之歌曰：鹤飞去兮，西山之缺。高翔而下览兮，择所适。翻然敛翼，婉将集兮，忽何所见，矫然而复击。独终日于涧谷之间兮，啄苍苔而履白石。鹤归来兮，东山之阴。其下有人兮，黄冠草履，葛衣而鼓琴。躬耕而食兮，其馀以汝饱。归来归来兮，西山不可以久留。（《放鹤亭记》）

苏轼借鹤写隐士的清远放旷，超然物外。他借歌咏叹了隐士之乐，含蓄地暗示了羡慕之情。歌既是文章内容的补充，也是文章主旨的深化。《唐宋八大家类选》之中赞誉《放鹤亭记》道："叙次议论并超逸，歌亦清旷，文中之仙。"[1]诗歌结尾给文章赋予了"味外之味"，平添一番余音绕梁、仙气缥缈的风味。

第三节　苏轼书序体裁样式的创新

苏轼序共二十七篇，赠序、书序、字序、燕集序、杂序，众体兼备。赠序有《送水丘秀才叙》《送张道士序》《送章子平诗叙》等。书序有《范文正公文集叙》《六一居士集叙》《王定国诗集叙》《晁君成诗集引》等。字序有《讲田友直字序》《江子静字序》。燕集序有《徐州鹿鸣燕赋诗叙》。杂序有《牡丹记叙》

1　《唐宋八大家类选》卷一二，转引自曾枣庄《苏文汇评》，成都：四川文艺出版社，2000年，第222页。

《观宋复古画序》《圣散子叙》等。

"序作为一种文体，滥觞于两汉，发展于魏晋，兴盛于李唐而变化于赵宋。"[1] "序的正体是申述作者之意，故表现的主体和重心是书。宋代书序情形大变。"[2]苏轼书序的表现就体现了其重心已经由书转移到人。《范文正公文集叙》善于运用衬托手法去刻画人物，不正面写其功，范仲淹的文治武功是通过古之君子的衬托展现出来的，不正面写其文，而是把其品德与文章相联系，以其品德衬托其文章，既赞颂了品德与功德，也暗示了《文集》的价值。

苏轼书序的一大特点是以议论为主，理论性强。《六一居士集叙》是以历史发展的眼光，运用丰富的史实论据正反论证，层层深入，赞扬欧阳修是"今之韩愈"，肯定了其在培养后进、改革文学中的中流砥柱的作用，重申了文学必须适于世用的根本属性。文章的重心也是放在对人物的评价上，体现出叙议结合的特点，前两段雄辩滔滔，汪洋恣肆，论述儒学思想的重要性和欧阳修传承儒学的贡献。后两段以记叙为主，介绍了《六一居士集》的文化背景和作序缘由。议论说理，观点高屋建瓴、理论色彩重是这篇书序的特色。

苏轼书序还表现出描写性表达的增多。《王定国诗集叙》选取了与王定国交往的小事来刻画一个洒脱的诗人形象。如：

又念昔日定国过余于彭城，留十日，往返作诗几百余篇，余苦其多，畏其敏，而服其工也。一日，定国与颜复长道游泗水，登桓山，吹笛饮酒，乘月而归。余亦置酒黄楼上以待之，曰："李太白死，世无此乐三百年矣。"今余老不复作诗，又以病止酒，闭门不出，门外数步即大江，经月不至江上，眊眊焉真一老农夫也。而定国诗益工，饮酒不衰，所至翱翔徜徉，穷山水之胜，不以厄穷衰老改其度。今而后，余之所畏服于定国者，不独其诗也。（《王定国诗集叙》）

1　杨庆存：《宋代文学论稿》，上海：复旦大学出版社，2007年，第33页。
2　杨庆存：《宋代文学论稿》，上海：复旦大学出版社，2007年，第34页。

苏轼以"往返作诗几百余篇"的正面描写手法，结合"余苦其多，畏其敏，而服其工"的侧面描写手法突出王定国才思敏捷，还以自己"老病止酒，不复作诗"衬托他"不以厄穷衰老"改变寄情山水、饮酒作诗的风度。描写生动，语言自然流畅，寥寥数语就抓住了人物的神韵，突出了人物的品质。

第四节　苏轼题跋体裁样式的创新

徐师曾在《文体明辨序说》中界定："按题跋者，简编之后语也。凡经传子史诗文图书之类，前有序引，后有后序，可谓尽矣。其后览者，或因人之请求，或因惑而有得，则复撰词以缀于末简，而总谓之题跋。"[1]题跋兴起于唐代，不以"跋"命名文章，以"读×××"命名，仅限于文字著述。韩愈有《读荀子》四篇，柳宗元有《读韩愈毛颖传后题》一篇。苏轼题跋数量多，苏轼集题跋达七百二十一篇。苏轼对题跋体裁样式的创新主要体现在四个方面：一是题材广，涉及文字著述、书法绘画等；二是体式灵活多样，风格自由；三是功能多样，写人、记事、说理、抒情和学术探讨兼备；四是文学性、可读性、趣味性增强。

苏轼的诗词题跋有《书苏李诗后》《记阳关第四声》《评韩柳诗》《论董秦》《杂书子美诗》《自记吴兴诗》《题鲜于子骏八咏后》《跋文忠公送惠勤诗后》等。书帖题跋有《书摹本兰亭后》《题逸少帖》《跋褚薛临帖》《辨法帖》《疑二王帖》《评草书》《论书》《自评字》等。画题跋有《跋文与可墨竹》《书吴道子画后》《题凤翔东院王画壁》等。纸墨题跋有《书清悟墨》《记李公择惠墨》《试墨》等。笔砚题跋有《书诸葛笔》《记南兔毫》《书李道人砚》《评淄端砚》《试吴说笔》等。琴棋杂器题跋有《杂书琴事十首》《书仲殊琴梦》《书黄州古编钟》《书

---

1 吴纳著，于北山校点：《文章辨体序说》，徐师曾著，罗根泽校点：《文体明辨序说》，北京：人民文学出版社，1998年，第136页。

古铜鼎》《书贾祐论真玉》《论漆》等。游行题跋有《书游灵化洞》《记赤壁》《蓬莱阁记所见》《题损之故居》《跋太虚辩才庐山题名》等。由此可见，苏轼题跋命名多种多样，主要以题跋的对象命名，篇名主要是"书""记""评""论""题""跋"等。苏轼的题跋门类繁多，题材广泛，对诗词、书画等的品评全面反映了他的文艺思想，开拓了题跋文的境界，提升了题跋文的思想性和文学性。

苏轼的题跋尤以情趣、理趣见长。《题张乖崖书后》论说人情关系中的宽、爱、严、威的辩证关系，《跋欧阳文忠公书》谈论外放与致仕的心态感受。再如：

（1）子由书孟德事见寄。余既闻而异之，以为虎畏不惧己者，其理似可信。然世未有见虎而不惧者，则斯言之有无，终无所试之。然襄余闻忠、万、云安多虎。有妇人昼日置二小儿沙上而浣衣于水者。虎自山上驰来，妇人仓皇沉水避之。二小儿戏沙上自若。虎熟视久之，至以首抵触，庶几其一惧，而儿痴，竟不知怪，虎亦卒去。意虎之食人，必先被之以威，而不惧之人，威无所从施欤？有言虎不食醉人，必坐守之，以俟其醒。非俟其醒，俟其惧也。有人夜自外归，见有物蹲其门，以为猪狗类也。以杖击之，即逸去。至山下月明处，则虎也。是人非有以胜虎，而气已盖之矣。使人之不惧，皆如婴儿、醉人与其未及知之时，则虎畏之，无足怪者。故书其末，以信子由之说。（《书孟德传后》）

这篇题跋以记事、说理为主，记叙了婴儿、醉人和没来得及知道是老虎的人遇到老虎不惧怕的故事，论述了老虎畏人不足为怪的观点。文章推理严密，语言生动有趣，文学性、可读性兼备，是理趣、情趣融合的精品。

（2）物有畛而理无方，穷天下之辩，不足以尽一物之理。达者寓物以发其辩，则一物之变，可以尽南山之竹。学者观物之极，而游于物之表，则何求而不得。故轮扁行年七十而老于斫轮，庖丁自技而进乎道，由此其选也。黄君道辅讳儒，建安人。博学能文，淡然精深，有道之士也。作《品茶要录》十篇，委曲微妙，皆陆鸿渐以来论茶者所未及。非至静无求，虚中不留，乌能察物之情如此其详哉？昔张机有精理而韵不能高，故卒为名医，今道辅无所发其辩，而寓之于茶，为世外淡泊之好，此以高韵辅精理者。予悲其不幸早亡，独此书传于世，故发其篇末云。（《书黄道辅品茶要录后》）

文章阐述了游于物之外去观物穷理的道理，赞扬黄道辅其人是博学、淡泊的有道之士，其书《品茶要录》是高韵辅精理的佳作，表达了对其不幸早亡的悲叹。在这短小精悍的篇章中，黄道辅的人物形象立了起来，写人、说理、抒情熔于一炉，令人印象深刻，回味良久。

苏轼在题跋中运用形象化的手法，将深奥的文艺理论、美学思想深入浅出地阐发出来。如：

（3）智者创物，能者述焉，非一人而成也。君子之于学，百工之于技，自三代历汉至唐而备矣。故诗至于杜子美，文至于韩退之，书至于颜鲁公，画至于吴道子，而古今之变，天下之能事毕矣。道子画人物，如以灯取影，逆来顺往，旁见侧出，横斜平直，各相乘除，得自然之数，不差毫末，出新意于法度之中，寄妙理于豪放之外，所谓游刃余地，运斤成风，盖古今一人而已。（《书吴道子画后》）

文章首句引用《周礼·考工记》"知者创物，能者述焉"，增强说服力。接着将杜、韩、颜、吴四人并举，突出吴在绘画上的成就，又以"以灯取影"的比喻，巧妙化用《庄子》中"庖丁解牛""运斤成风"的典故称赞吴道子画艺的精湛，以形象化的语言展示出了高远的艺术境界。此外，《邵茂诚诗集叙》对欧阳修"诗穷后而愈工"的思想进行了重新阐释。《凫绎先生诗集叙》阐述了"言必中当世之过"的现实主义精神。如他在《书摩诘蓝田烟雨图》中评价王维时说："味摩诘之诗，诗中有画；观摩诘之画，画中有诗。"苏轼认为王维绘画的成就是将诗与画二者相结合。苏轼认为艺术创作既要继承前代文人的理论思想，又要敢于突破成规加以创新，正如《书吴道子画后》所说："出新意于法度之中，寄妙理于豪放之外。"要将创新与继承结合在一起。苏轼强调艺术创作要善于观察生活实践，《书戴嵩画牛》《书黄荃画雀》中通过对动物形态的探讨，说明艺术创作要符合生活事实。总之，苏轼题跋对画作的见解有很高的艺术理论价值。

苏轼还在题跋中表达了他崇尚平淡的美学观念，如《评韩柳诗》中的"所贵乎枯澹者，谓其外枯而中膏，似澹而实美"，《书黄子思诗集后》赞誉柳宗元之诗"发纤秾于简古，寄至味于澹泊"。

第五节　苏轼小品文体裁样式的创新

"小品"至今在学界并没有明确的定义。钱穆在《中国文学中的散文小品》中指出："所谓小品文者，乃指其非大篇文章，亦可说其不成文体，只是一段一节的随笔之类。……中国最古的散文小品，应可远溯自《论语》。"[1]钱穆认为小品是篇幅小的随笔类的文章。中国古代小品文历史悠久，种类繁多。"小品"最早以文学的概念出现是在明代万历三十九年（1611年），明代王纳谏搜集了苏轼的篇幅短小、清新隽秀的文章，编成了《苏长公小品》。苏轼的文章除了论、策、行状、表状、奏议、启、赋、序、说、记、传、墓志、碑、书、尺牍、杂著、史评、题跋、杂记、铭、颂、赞等多种类别中的清新隽秀的文章都可以归入小品文，还有《志林》里的随笔小品，它们都表现出了巨大的艺术感染力和审美魅力。

---

1 钱穆：《中国文学论丛》，北京：生活·读书·新知三联书店，2002年，第79-80页。

与唐代游记小品的寓情于景、情景交融的特点相比，苏轼的游记小品的主要特点就是寓理于景。《书上元夜游》记叙了上元夜与几个朋友出游的情形，悟出了随缘自适、豁达乐观的生活哲理。刘勰在《文心雕龙·谐讔》中说："谐之言皆也，辞浅会俗，皆悦笑也。"[1]"谐"就是令人愉悦地发笑。谐辞寓庄于谐，具有娱乐性。苏轼的小品文主要的特点还有寓理于谐谑。

（1）某启。专人远来，辱手书，并示近诗，如获一笑之乐，数日慰喜忘味也。某到贬所半年，凡百粗遣，更不能细说，大略只似灵隐天竺和尚退院后，却住一个小村院子，折足铛中，罨糙米饭便吃，便过一生也得。其余，瘴疠病人。北方何尝不病，是病皆死得人，何必瘴气。但苦无医药。京师国医手里死汉尤多。参寥闻此一笑，当不复忧我也。故人相知者，即以此语之，余人不足与道也。未会合间，千万为道自爱。（《与参寥子书》）

苏轼自嘲自己如同退院和尚，谈到病与死等沉重的话题，却是豁达与幽默之语，还反过来安慰友人不要为自己忧虑。谐谑、幽默中蕴含了看淡生死、得失荣辱不系于心的达观。朱光潜指出，豁达者的诙谐可以称为"悲剧的诙谐"，出发点是情感，而听者受感动也以情感。[2]苏轼的豁达与真情让朋友参寥子也感动。

（2）吾始至南海，环视天水无际，悽然伤之，曰："何时得出此岛耶？"已而思之，天地在积水中，九州在大瀛海中，中国在少海中，有生孰不在岛者？覆盆水于地，芥浮于水，蚁附于芥，茫然不知所济。少焉水涸，蚁即径去，见其类，出涕曰："几不复与子相见，岂知俯仰之间，有方轨八达之路乎？"念此可以一笑。（《试笔自书》）

---

1 刘勰著，王志彬译注：《文心雕龙》，北京：中华书局，2012年，第170页。
2 朱光潜：《诗论》，上海：华东师范大学出版社，2017年，第26页。

苏轼在寓言故事的谐谑的表达中阐述了宇宙如此宏大，而人类如此渺小的道理。自嘲一笑中有达观豁达的智慧。

（3）《晋·方技传》有幸灵者，父母使守稻。牛食之，灵见而不驱，牛去，乃理其残乱者。父母怒之。灵曰："物各欲得食，牛方食，奈何驱之？"父母愈怒，曰："即如此，何用理乱者为？"灵曰："此稻又欲得生。"此言有理，灵故有道者也。（《书李若之事》）

苏轼借牛食稻苗的喜剧性冲突，将稚童与父母间争辩时的嬉笑、暴怒之态表现得活灵活现。故事蕴含了任何生物都一样有生存的权利的道理。

（4）闽越人高荔子而下龙眼，吾为评之。荔子如食蝤蛑大蟹，斫雪流膏，一啜可饱。龙眼如食彭越石蟹，嚼啮久之，了无所得。然酒阑口爽，餍饱之余，则哑啄之味，石蟹有时胜蝤蛑也。戏书此纸，为饮流一笑。（《荔枝龙眼说》）

苏轼以谐谑的口吻，借荔枝与龙眼的对比，阐述了道理：人对事物价值的评判需要顾及特点和长处，还依赖于环境。当环境、条件改变的时候，事物的价值也会随之发生变化。

（5）医官张君传服绢方，真神仙上药也。然绢本以御寒，今乃以充服食，至寒时当盖稻草席耳。世言着衣吃饭，今乃吃衣着饭耶？（《记服绢》）

苏轼以幽默诙谐的笔调表达了对庸医害人的荒谬之方无情的嘲讽。

朱光潜指出："能谐所以能在丑中见出美，在失意中见出安慰，在哀怨中见出欢欣，谐是人类拿来轻松紧张情境和解脱悲哀与困难的一种清泻剂。"[1]苏轼小品文中的幽默诙谐确实表现出了审美情趣与社会功能。

苏轼的记人小品常采用以小见大的手法，不进行全局式叙述，而是抓住能够彰显人物性格的片段，对人物进行细节描写。《温公过人》中，苏轼不提司马光生平政绩，只是直录司马光所说的话："吾无过人者，但平生所为，未尝有对人不可言者耳。"通过语言描写来表现司马光的光明磊落。又如：

（6）昔时，与可墨竹，见精缣良纸，辄愤笔挥洒，不能自已，坐客争夺持去，与可亦不甚惜。后来见人设置笔砚，即逡巡避去。人就求索，至终岁不可得。或问其故。与可曰："吾乃者学道未至，意有所不适，而无所遣之，故一发于墨竹，是病也。今吾病良已，可若何？"然以余观之，与可之病，亦未得为已也，独不容有不发乎？余将伺其发而掩取之。彼方以为病，而吾又利其病，是吾亦病也。（《跋文与可墨竹》）

苏轼写文与可起初创作完画作任人争夺持去亦不甚惜，以及后来惜墨如金称病不肯作画，将文与可前后表现进行对比，只是通过对文与可言行的描写就突出了他的形象，以小见大，人物刻画入木三分。苏轼戏称偷文与可的画珍藏兼有谐谑之趣。

苏轼小品文的美还体现在其独特的审美追求上。他追求的是一种"清新自然、闲适淡雅"的审美情趣，这种审美情趣在他的小品文中得到了充分的体现。他善于从平凡的生活中发现美，将那些看似微不足道的事物描绘得生动有趣，充满诗意。这种独特的审美追求，使得苏轼的小品文具有极高的艺术魅力。刘熙载在《艺概·文概》中说："东坡文只是拈来法，此由悟性绝人，故处处触著

---

1 朱光潜：《诗论》，上海：华东师范大学出版社，2017年，第25页。

耳。"[1]他从现实生活中的小事中悟出道理，信手拈来，涉笔成趣，将故事与道理表达得精彩、精辟。

（7）予虽饮酒不多，然而日欲把盏为乐，殆不可一日无此君。州酿既少，官酤又恶而贵，遂不免闭户自酿。曲既不佳，手诀亦疏谬，不甜而败，则苦硬不可向口。慨然而叹，知穷人之所为无一成者。然甜酸甘苦，忽然过口，何足追计？取能醉人，则吾酒何以佳为？（《饮酒说》）

苏轼将生活小事娓娓道来，自己酿酒，领悟酸甜甘苦的道理。

（8）某启。仆居东坡，作陂种稻，有田五十亩，身耕妻蚕，聊以卒岁。昨日一牛病几死，牛医不识其状，而老妻识之，曰："此牛发豆斑疮也，法当以青蒿粥啖之。"用其言而效。勿谓仆谪居之后，一向便作村舍翁。老妻犹解接黑牡丹也。言此，发公千里一笑。（《与章子厚二首（其一）》）

苏轼把牛戏称为"黑牡丹"，并移花接木，巧换概念，风趣而幽默，展现了乡间生活的情趣。

苏轼小品文中的描写往往言简义丰，寥寥几笔便将人、事、景传神地勾勒出来。如：

（9）嘉祐癸卯上元夜，来观王维摩诘笔。时夜已阑，残灯耿然，画僧踽踽欲动，恍然久之。（《题凤翔东院王画壁》）

（10）仆醉后，乘兴辄作草书十数行，觉酒气拂拂，从十指间出也。（《跋草书后》）

（11）天水相接，疏星满天。（《书合浦舟行》）

---

[1] 刘熙载著，叶子卿点校：《艺概》，杭州：浙江人民美术出版社，2017年，第32页。

（12）山谷奇秀，平生所未见，殆应接不暇，遂发意不欲作诗。（《记游庐山》）

例（9）把壁画上僧人的情态、自己观画的感受写得生动形象，侧面突出王维画技精湛。例（10）刻画了醉后作书风流蕴藉的情态。例（11）八字便勾勒了海上夜景。例（12）还运用正面侧面描写相结合的手法突出庐山之景的奇秀。

苏轼小品文的行文之法自然自由，不拘一格。

（13）登州下临大海，目力所及，沙门、鼍矶、车牛、大竹、小竹凡五岛。惟沙门最近，兀然焦枯。其余皆紫翠巉绝，出没涛中，真神仙所宅也。上生石芝，草木皆奇玮，多不识名者。又多美石，五采斑斓，或作金文。（《北海十二石记》）

苏轼采用了层层递进的手法写沙门岛的美景，随性挥洒、率性而为，语言平易简练，读之使人耳目一新。

（14）吾昔自杭移高密，与杨元素同舟，而陈令举、张子野皆从吾过李公择于湖，遂与刘孝叔俱至松江。夜半，月出，置酒垂虹亭上。子野年八十五，以歌词闻于天下，作《定风波令》，其略云："见说贤人聚吴分，试问也，应傍有老人星。"坐客欢甚，有醉倒者。此乐未尝忘也。今七年尔。子野、孝叔、令举皆为异物，而松江桥亭，今岁七月九日，海风架潮，平地丈余，荡尽无复子遗矣。追思曩时，真一梦也。元丰四年十月二十日，黄州临皋亭夜坐书。（《书游垂虹亭》）

这篇文章虽然名为"记游"，景物描写的淡化尤其明显，主要是抒发人生如梦的怅惘之情和丧友之痛。

（15）仆初入庐山，山谷奇秀，平生所未见，殆应接不暇，遂发意不欲作诗。已而见山中僧俗，皆云："苏子瞻来矣！"不觉作一绝云："芒鞵青竹杖，自挂百钱游。可怪深山里，人人识故侯。"既自哂前言之谬，又复作两绝云："青山若无素，偃蹇不相亲。要识庐山面，他年是故人。"又云："自昔忆清赏，初游杳霭间。如今不是梦，真箇是庐山。"是日有以陈令举《庐山记》见寄者，且行且读，见其中云徐凝、李白之诗，不觉失笑。旋入开先寺，主僧求诗，因作一绝云："帝遣银河一派垂，古来惟有谪仙辞。飞流溅沫知多少，不与徐凝洗恶诗。"往来山南北十余日，以为胜绝不可胜谈，择其尤者，莫如漱玉亭、三峡桥，故作此二诗。最后与摠老同游西林，又作一绝云："横看成岭侧成峯，到处看山了不同。不识庐山真面目，只缘身在此山中。"仆庐山诗尽于此矣。（《记游庐山》）

苏轼借诗说理，寓理于诗，运用诗来生发议论，《题西林壁》一诗画龙点睛，是文章的真正意旨，揭示了人囿于自身而产生的局限性。

苏轼的小品文打破了前人固有的创作规范，信手拈来，率意而为，取材于生活琐事和艺术体验，以行云流水的写作方式抒发胸中真情。苏轼的小品文创作遵循"辞达"的理念，呈现出平易自然的文风特点。金圣叹曾评价苏轼文章"文态如天际白云，飘然从风，自成卷舒"[1]，赞誉其平淡自然的语言风格。

---

1 金圣叹选编，朱一清、程自信注：《天下才子必读书》，合肥：安徽文艺出版社，2003年，第702页。

第六章　苏轼散文修辞对后世的影响

苏轼的散文修辞对后世产生了广泛而深远的影响。许多后世文学家在创作过程中都受到了苏轼散文修辞的启发和影响，纷纷模仿其语言风格、表现手法和体裁体式。本章主要从修辞艺术和文体修辞两个方面探讨苏轼散文修辞对后世散文修辞的影响。

第一节　苏轼散文词句篇章修辞对后世的影响

苏轼散文的谋篇修辞（作文之法）以及词句修辞（表现手法）对后世影响深远，后世文学创作中多有借鉴与继承。

（1）而园之北，因城以为台者旧矣，稍葺而新之。时相与登览，放意肆志焉。南望马耳、常山，出没隐见，若近若远，庶几有隐君子乎？而其东则卢山，秦人卢敖之所从遁也。西望穆陵，隐然如城郭，师尚父、齐桓公之遗烈，犹有存者。北俯潍水，慨然太息，思淮阴之功，而吊其不终。台高而安，深而明，夏凉而冬温。雨雪之朝，风月之夕，予未尝不在，客未尝不从。撷园蔬，取池鱼，酿秫酒，瀹脱粟而食之，曰："乐哉游乎！"（苏轼《超然台记》）

（2）尝与子四顾而望之。其东曰海门，鸱夷子皮之所从逝也。其西曰瓜步，魏佛狸之所尝至也。若其北广陵，则谢太傅之所筑埭而居。而江之中流，则祖豫州之所击楫而誓也。计其一时英雄慷慨，愤中原之未复，寇敌之未擒，欲吞之以忠义之气，虽狭宇宙而隘九州，自其胸中之所积，亦江山有以发之。（汪藻

《镇江府月观记》）

苏轼承袭并发展了习凿齿的"四望法"，汪藻受他们的影响，运用四望法却并不写全，没有写南方，却加入了"江之中流"的维度。四望的景物描写句式上整散结合，三句韵脚"逝""至""誓"押韵。

（3）头鬅鬙，耳卓朔。适从何处来，碧色眼有角。明星未出万家闲，外道天魔犹奏乐。错不错。安得无上菩提，成正等觉？（苏轼《题王霭画如来出山相赞》）

（4）蓬松头，卓削耳，一生说法牙无水。（韩子苍《草堂和尚善清真赞》）

韩子苍的表达化用了苏轼的语句。

（5）元丰六年十月十二日，夜，解衣欲睡，月色入户，欣然起行。念无与为乐者，遂至承天寺，寻张怀民。怀民亦未寝，相与步于中庭。庭下如积水空明，水中藻荇交横，盖竹柏影也。何夜无月，何处无竹柏，但少闲人如吾两人者耳。（苏轼《记承天寺夜游》）

（6）辛丑正月十一日，夜，冰月当轩，残雪在地，予与李绍伯徘徊庭中，追往忆昔，竟至二鼓。阒无人声，孤雁嘹呖。此身如游皇古，如悟前世。（张大复《李绍伯夜话》）

张大复的文章的意象的选取、意境的营造、语言的风格，都与《记承天寺夜游》相似。

（7）余谪居于黄，过岐亭，适见焉。曰：呜呼！此吾故人陈慥季常也。何为而在此？方山子亦矍然，问余所以至此者。余告之故。俯而不答，仰而笑，呼余宿其家。环堵萧然，而妻子奴婢皆有自得之意。余既耸然异之。独念方山子少时使酒好剑，用财如粪土。前十有九年，余在岐下，见方山子从两骑，挟二矢，游西山。鹊起于前，使骑逐而射之，不获。方山子怒马独出，一发得之。因与余马上论用兵及古今成败，自谓一世豪士。今几日耳，精悍之色，犹见于眉间，而岂山中之人哉！（苏轼《方山子传》）

（8）李光参政罢政归乡里时，某年二十矣。时时来访先君，剧谈终日。每言秦氏，必曰"咸阳"，愤切慷慨，形于色辞。一日平旦来，共饭，谓先君曰："闻赵相过岭，悲忧出涕。仆不然，谪命下，青鞋布袜行矣，岂能作儿女态耶！"方言此时，目如炬，声如钟，其英伟刚毅之气，使人兴起。后四十年，偶读公家书：虽徒海表，气不少衰；丁宁训戒之语，皆足垂范百世，犹想见其道"青鞋布袜"时也。（陆游《跋李庄简公家书》）

"前十有九年"一句，时间跨越了十九年，苏轼通过方山子当下归隐山林与往昔鲜衣怒马的对比，抓住其"怒马独出，一发得之"的典型事例来刻画人物形象。陆游也运用了对比手法，用"一日平旦来"，让时间跨越了四十年，还撷取了李光说"青鞋布袜"的"目如炬，声如钟，其英伟刚毅之气，使人兴起"的典型事例，反映李光慷慨刚毅的性格。塑造人物形象，典型事例的撷取既要生动感人，又要反映人物性格。苏轼运用其曲折的笔力刻画了方山子亦侠亦隐的典型形象。陆游也深谙此法之妙并能熟练运用，将人物塑造得形象生动。另外，"陆游的《姚平仲小传》写法跟苏轼《方山子传》有些相似，但不如苏文之跌宕"[1]。

记体散文中的藏书记写法往往以夹叙夹议为主，以苏轼《李氏山房藏书记》和苏辙《藏书室记》为典范作品。南宋朱熹有《徽州婺源县学藏书记》《建宁府建阳县学藏书记》《福州州学经史阁记》等篇，叶适有《汉阳军新修学记》《六

---

1 王水照，熊海英：《南宋文学史》，北京：人民出版社，2009年，第126页。

安县新学记》《温州新修学记》等九篇学记，都是以二苏作文之法为模范，运用夹叙夹议手法写就。叶适《温州新修学记》开篇简要说明了作记缘由，便夹叙夹议展开话题："昔周恭叔首闻程、吕氏微言，始放新经，黜旧疏，挈其俦伦，退而自求，视千载之已绝，俨然如醉忽醒，梦方觉也。颇益衰歇，而郑景望出，明见天理，神畅气怡，笃信固守，言与行应，而后知今人之心可即于古人之心矣。故永嘉之学，必兢省以御物欲者，周作于前而郑承于后也。薛士隆愤发昭旷，独究体统，兴王远大之制，叔末寡陋之术，不随毁誉，必摭故实，如有用我，疗复之方安在！至陈君举尤号精密，民病某政，国厌某法，铢称镒数，各到根穴，而后知古人之治可措于今人之治矣。故永嘉之学，必弥纶以通世变者，薛经其始而陈纬其终也。"[1]他论述了永嘉之学的渊源和流变，经历了从"必兢省以御物欲者"发展到"必弥纶以通世变者"的全过程，指出永嘉之学是从以心性主体之学逐渐转变成为事功主体之学的。

第二节　苏轼散文文体风格修辞对后世的影响

学者们从体裁样式、文风等角度论述过苏轼散文的影响，这类影响的核心和表现，正是苏轼散文对文体风格修辞的创新和传承。胡仔指出："东坡作《惠州白鹤新居上梁文》，叙幽居之趣。盖以文为戏，自此老启之也。其后叶少蕴作《石林谷草堂上梁文》，孙仲益作《西徐上梁文》，皆效其体格，然不能无优劣矣。"[2]这里所说的"体格"就是指散文的体裁样式。《钦定四库全书总目》评价方孝孺道："文章乃纵横豪放，颇出入于东坡、龙川之间。"[3]方孝孺《蚊对》：

1　叶适：《叶适集》，北京：中华书局，2010年，第178页。

2　胡仔著，廖德明校点：《苕溪渔隐丛话后集》，北京：人民文学出版社，1962年，第225页。

3　纪昀，陆锡熊，孙士毅等著，四库全书研究所整理：《钦定四库全书总目（整理本）》，北京：中华书局，1997年，第2285页。

"夫覆载之间，二气絪缊，赋形受质，人物是分。大之为犀象，怪之为蛟龙，暴之为虎豹，驯之为麋鹿与庸狨，羽毛而为禽为兽，裸身而为人为虫，莫不皆有所养。虽巨细修短之不同，然寓形于其中则一也。自我而观之，则人贵而物贱，自天地而观之，果孰贵而孰贱耶？今人乃自贵其贵，号为长雄。水陆之物，有生之类，莫不高罗而卑网，山贡而海供，蛙黾莫逃其命，鸿雁莫匿其踪，其食乎物者，可谓泰矣，而物独不可食于人耶？兹夕，蚊一举喙，即号天而诉之。使物为人所食者，亦皆呼号告于天，则天之罚人又当何如耶？且物之食于人，人之食于物，异类也，犹可言也。而蚊且犹畏谨恐惧，白昼不敢露其形，瞰人之不见，乘人之困怠，而后有求焉。今有同类者，啜菽而饮汤，同也；畜妻而育子，同也；衣冠仪貌无不同者。白昼俨然乘其同类之间而陵之，吮其膏而盬其脑，使其饿踣于草野，流离于道路，呼天之声相接也，而且无恤之者。今子一为蚊所嘬，而寝辄不安；闻同类之相嘬，而若无闻，岂君子先人后身之道耶？天台生于是投枕于地，叩心太息，披衣出户，坐以终夕。"[1]文章借被蚊子咬的小事阐发"民胞物与"的大道理，譬喻说理，生动形象，深入浅出，鞭辟入里。"自我而观之，则人贵而物贱，自天地而观之，果孰贵而孰贱耶？"这种辩证说理蕴含的思辨意味与《赤壁赋》的"变与不变"的论述颇有相似之处。文章结尾也有点《赤壁赋》结尾的韵味。"夫覆载之间，二气絪缊，赋形受质，人物是分"是排偶句式，整齐而连贯。"龙""狨""虫""雄""供""踪"是押韵排偶句式，增强了音乐美与节奏感。文章无论是思想内容，还是风格，均体现了"纵横豪放"的特点，确有东坡文章之韵致。四库馆臣评价徐渭道："其文则源出苏轼，颇胜其诗……故其诗遂为公安一派之先鞭，而其文亦为金人瑞等滥觞之始。"[2]他们认为徐渭文章源自苏轼，文章的成就比诗歌的成就高，徐渭诗歌

---

1 方孝孺著，徐光大校点：《逊志斋集》，宁波：宁波出版社，2000年，第196–197页。

2 纪昀，陆锡熊，孙士毅等著，四库全书研究所整理：《钦定四库全书总目整理本》，北京：中华书局，1997年，第2474页。

的成就为公安派导夫先路，文章则影响了金圣叹等人。王水照指出："南宋文风也基本上承袭欧、苏的传统。一般说来，南宋散文向加强说理和思辨的方向发展，欧氏的影响似更大些，风格更趋明畅，文字更为醒豁。但像陆游、文天祥、谢翱等爱国志士的文字，雄赡豪迈，挥洒自如，则与苏轼相近。"这主要是对南宋文风继承的总体论述，陆游、文天祥、谢翱等也主要是受到了苏轼文风的影响，表现出豪迈雄放、行云流水的特点。

有的创作者明确表示作品受到苏轼的影响。明代王祎在《续〈志林〉》的小序中说："苏氏之文长于持论，纵横开辟，上下变化，无不如其意之所欲言。……余读其书，爱其《志林》诸篇，议论超卓，而文章驰骋殊可喜，中心慕之，因窃其余论，续为十八篇。"[1]《续〈志林〉》中的有些论点是针对苏轼的论点而生发的，议论行云流水的风格与苏轼的《志林》相似。

苏轼的记体散文并不沿袭前人专注于景致风物的细腻描绘，而更倾向于借助景物抒发情感，将景色作为内心情感的载体，进而形成了他别具一格、涉笔即有趣、情韵深远的风格特色。在记体散文的创作形式上，苏轼亦有所革新，他巧妙地将其他体裁的创作技巧融入其中，展现了他独特的艺术构思与文学造诣。苏轼门人李之仪受到了苏轼记体散文的影响。《钦定四库全书总目》评论道："之仪在元祐、熙宁间文章与张耒、秦观相上下。王明清《挥麈后录》称其尺牍最工，然他作亦皆神锋俊逸，往往具苏轼之一体。盖气类渐染，与之化也。"[2]李之仪的《吴师道藏海斋记》以议论开篇："昔之隐者有大隐，有中隐，有小隐。而大隐则不离朝市，盖隐者非为岩居穴处，与猿鸟居、麋鹿游，然后为隐也。利害不藏于中，纷华不役于外，谓我为牛则与之为牛，谓我为马则与之为马，随所遇而安，因所得而胜，惟我之疏密而忘彼之厚薄。至于峨冠垂绶，

---

1 王祎:《王忠文集》卷一八，影印文渊阁四库全书，第1226册，第371页。
2 纪昀，陆锡熊，孙士毅等著，四库全书研究所整理:《钦定四库全书总目整理本》，北京：中华书局，1997年，第2078页。

从容廉陛之间，可进否退，密勿君臣之际，而绰然有余裕。夫是之谓能隐。余以是泛观于世，而知隐者之为难也。"[1]他围绕"隐"的主题论说，论证严密，文句整散结合，行文平易晓畅，言简意赅，表达了对"真隐"的看法，如果能做到顺其自然，从容面对，便是"能隐"。文章接着叙述吴道甫藏海斋命名的缘由，并简单介绍了书斋的情况。文章以议论为主，由理入事，这种融议论、记叙于一体的记体散文的写法明显受到了苏轼记体散文创作的影响。

苏轼的题跋，以其短小精悍、清新隽永的特点，显著提升了题跋的文学价值，使之成为文坛上一种举足轻重的文体。在苏轼的引领下，"苏门四学士"及北宋后期的文人纷纷效仿，开始大量创作题跋，这不仅在当时形成了一股风潮，更对明清时期的题跋创作产生了深远的影响，使之得以延续并发展出更为丰富的面貌。晚明陈继儒称："苏、黄之妙，最妙于题跋。"[2]黄庭坚《题杨道孚画竹》："有先竹于胸中，则本末畅茂；有成竹于胸中，则笔墨与物俱化。津人之未尝见舟而便操之，惟其熟也，夫依约而觉；至于笔墨而与造化者同功，岂求之他哉！盖庖丁之解牛，梓庆之削鐻，与清明在躬、志气如神者同一枢纽，不容一物于其中，然后能妙。若夫外矜于众人议已，内藏于识不似，则画虎成狗，画竹成柳，又何怪哉！"[3]黄庭坚以津人操舟、庖丁解牛、梓庆削鐻等事例来譬喻说理，阐述了画竹熟练的道理。对仗的句式，间杂散句，整散结合，读来抑扬顿挫，极具节奏感，体现出其题跋的技艺醇熟。"欧阳修、苏轼、黄庭坚等是北宋题跋文大家，而南宋周必大、洪适、陆游、楼钥等所作都在200首以上。"[4]

苏轼的尺牍，在发挥其作为私人信件的交际功能之余，更实现了向审美层面的华丽转身。其行文流畅自然，简洁生动，字里行间透露出作者真诚质朴的

1 曾枣庄，刘琳：《全宋文》，第112册，上海：上海辞书出版社，2006年，第181页。

2 陈继儒著，牛鸿恩、王凯符选注：《陈继儒小品文选注》，北京：首都师范大学出版社，2010年，第312页。

3 曾枣庄，刘琳：《全宋文》，第106册，上海：上海辞书出版社，2006年，第340、341页。

4 王水照，熊海英：《南宋文学史》，北京：人民出版社，2009年，第98页。

赤子之心。苏轼巧妙地将诗词、骈文创作中的纯熟技巧和高远意境融入尺牍之中，使尺牍不仅传递信息，更成为展现艺术魅力的载体，真正实现了尺牍的审美功能。苏轼对文体发展的贡献在于他敢于破体为文，结合生活实际，将古文的洒脱、诗词的意境、骈文的韵律融入尺牍创作之中，让这种应用文体焕发出前所未有的审美属性，为后世文人的创作提供了宝贵的启示和借鉴。

尽管苏轼的辞赋作品仅有二十余篇，在其浩瀚的文学海洋中占比甚小，但这些作品却因创作时间的跨度和思想内涵的丰富而显得尤为珍贵。苏轼不仅打破了前代辞赋的创作规范，更引领了从骚赋、律赋向散体赋的转变。他摒弃了汉代以来散韵结合、形式呆板凝滞、题材局限的陈规，将北宋散文复古的文风巧妙融入辞赋，为辞赋创作注入了新的活力。苏轼的辞赋虽名为赋，但他在创作过程中融入了"随物赋形"的修辞策略，使得辞赋形式活泼、句式参差、创作手法灵活多变。他大胆使用散句，打破了骚体赋和骈赋的句式限制，使辞赋的语句使用更具弹性，更便于在叙事、议论、说理等表达方式间自由切换。更值得一提的是，苏轼的辞赋在思想内涵上也有所突破。他摒弃了汉唐以来辞赋多侧重于体物言志、内容空洞的局限，将叙事、写景、抒情、议论、说理融为一体，题材广泛，论述严密清晰。他的辞赋立意高远，情感充沛，文风诙谐幽默，为辞赋的发展注入了新的活力。可以说，苏轼的辞赋作品在形式、内容和风格上都实现了创新，为散体赋的发展提供成功的典范，对后世辞赋创作产生了深远的影响。

苏轼以其卓越的散文才华，对传统的散文形式进行了大胆的创新和突破。他的散文语言质朴自然，情感真挚，结构灵活多变，注重个性和情感的表达，突破了传统散文的束缚，为后世的散文创作提供了新的方向和灵感。后世的文人在创作散文时，常常借鉴苏轼的散文风格，并在此基础上进行进一步的创新和发展，推动了散文的革新与繁荣。

苏轼的散文修辞不仅影响了散文的创作，还对其他文学体裁产生了一定的影响。他的诗歌、词作等也充满了散文化的特点，如语言的质朴自然、情感的真挚表达等。这种散文化的特点在一定程度上影响了后世的诗歌、词作等文学体裁的创作，使得这些体裁在苏轼的影响下呈现出新的风貌和特点。

苏轼的散文修辞以其独特的风格和技巧，为文学体裁的多元化发展作出了贡献。他的散文作品不仅具有高度的艺术性和审美价值，还展现了个人独特的文学观念和审美追求。这种多元化的文学观念和审美追求在一定程度上促进了后世文学体裁的多元化发展，使得文学在苏轼的影响下呈现出更加丰富多彩的面貌。

第七章　苏轼小品文修辞对后世的影响

苏轼小品文以其精湛的修辞艺术和独特的风格对明清的小品文的发展产生了直接的影响。本章用四个专题探讨苏轼小品文对明代徐渭、公安三袁、张岱小品文和清代袁枚小品文的影响。

第一节　苏轼小品文与徐渭小品文

陈岩肖指出苏轼"以文笔游戏三昧"[1]，曾敏行认为"东坡多雅谑"[2]，这种不拘格套、趣味高雅的戏谑风格是苏轼及其小品文的显著特点。徐渭在《评朱子论东坡文》中说："极有布置而了无布置痕迹者，东坡千古一人而已。"[3]他认为苏轼文章行文布置的技巧"千古一人"，无人能匹敌。这个特点集中体现在苏轼小品文的创作中。

苏轼小品文的题材多样，诗词绘画、山水风光、奇人异事、乡间轶事都能写出情趣、理趣，行文不拘一格，语言幽默风趣。如：

（1）张安道饮酒初不言盏数，少时与刘潜、石曼卿饮，但言当饮几日而已。

1　陈严肖：《庚溪诗话》卷下，转引自丁福保辑《历代诗话续编》上册，北京：中华书局，2006年，第173页。

2　蔡絛、曾敏行撰，李梦生、朱杰人校点：《铁围山丛谈独醒杂志》，上海：上海古籍出版社，2012年，第129页。

3　徐渭：《徐渭集》，北京：中华书局，1999年，第1096页。

欧公盛年时，能饮百盏，然常为安道所困。圣俞亦能饮百许盏，然醉后高又手而语弥温谨。此亦知其所不足而勉之，非善饮者。善饮者，澹然与平时无少异也。若仆者，又何其不能饮，饮一盏而醉，醉中味与数君无异，亦所美尔。（苏轼《书渊明诗二首（其二）》）

苏轼写出了好友们的醉后情态，生动活泼，惟妙惟肖，反映了文人饮酒的雅趣，让人读来如见其人，如临其境。

（2）某顿首。知治行窘用不易。仆行年五十，始知作活。大要是悭尔，而文以美名，谓之俭素。然吾侪为之，则不类俗人，真可谓淡而有味者。又《诗》云："不戢不难，受福不那。"口体之欲，何穷之有，每加节俭，亦是惜福延寿之道。此似鄙俗，且出于不得已。然自谓长策，不敢独用，故献之左右。住京师，尤宜用此策也。一笑！一笑！（苏轼《与李公择十七首（其十）》）

苏轼与朋友分享勤俭节约之经验，苦涩沉重中又有轻松的情味。苏轼小品文创作不拘一格，挥洒自如，语言平易自然。

（3）黄州东南三十里，为沙湖，亦曰螺师店，余将买田其间，因往相田。得疾，闻麻桥人庞安时善医而聋，遂往求疗。安时虽聋，而颖悟过人，以指画字，不尽数字，辄了人深意。余戏之云："余以手为口，君以眼为耳。皆一时异人也。"疾愈，与之同游清泉寺。寺在蕲水郭门外二里许。有王逸少洗笔泉，水极甘，下临兰溪，溪水西流。余作歌云："山下兰芽短浸溪，松间沙路净无泥，萧萧暮雨子规啼。谁道人生难再少？君看流水尚能西，休将白发唱黄鸡。"是日，极饮而归。（苏轼《书清泉寺词》）

苏轼以极其朴素自然的笔致，抒写他当时的日常生活与友情交往，蕴含着对人生的深沉感喟，感情极为沉郁而恳挚，也吐露了他放达的怀抱。

苏轼小品文语言诙谐中蕴含着丰富的情感和趣味，体现了他豁达乐观的性格特点。如：

（4）今年东坡收大麦二十余石，卖之价甚贱，而粳米适尽，乃课奴婢春以为饭，嚼之啧啧有声。小儿女相调，云是嚼虱子。日中饥，用浆水淘食之，自然甘酸浮滑，有西北村落气味。今日复令庖人，杂小豆作饭，尤有味。老妻大笑曰："此新样二红饭也。"（苏轼《二红饭》）

食物不足，生活困窘，用幽默的语言化解了生活的悲苦，家人之间安贫乐道、和衷共济的精神令人感动。

（5）欧阳文忠公尝谓晋无文章，唯陶渊明《归去来》一篇而已。余亦以谓唐无文章，唯韩退之《送李愿归盘古》一篇而已。平生愿效此作一篇，每执笔辄罢，因自笑曰：不若且放教退之独步。（苏轼《跋退之送李愿序》）

苏轼的幽默诙谐中既有对韩愈的敬仰，还有对自己文章的自信，流露出他的率真性情。

徐渭在《赠成翁序》中说："今天下事鲜不伪者，而文为甚。夫真者，伪之反也。"他主张求"真"，与苏轼的创作精神是一致的。张汝霖在《刻徐文长佚书序》中说："其诙谐谑浪，大类坡公如此。"他指出徐渭的谐谑与苏轼类似。这些特点徐渭小品文的创作中也有所体现。如：

（6）仆领赐至矣。晨雪，酒与裘，对症药也。酒无破肚脏，鳌当归瓮。羔半臂，非褐夫所常服，寒退拟晒以归。西兴脚子云："风在戴老爷家过夏，我家过冬。"一笑。（徐渭《答张太史》）

徐渭以幽默诙谐的口吻表达了对张元忭的感谢，又自我调侃，展现了其率真、傲然于世的人格特征。

（7）肉质蠢重，衰老承之，不数步而挥汗成浆，须史拌却尘沙，便作未开光明泥菩萨矣。再失迎候道驾，并只在乡里故人咫尺之间摇扇闲话而已，非能远出也。稍凉敬当趋教，兼罄欲言。（徐渭《与梅君》）

徐渭以幽默的笔法自嘲年老体胖，暗喻为"泥菩萨"，形象又生动。

（8）野客清寒，僧厨斋寂，承此食肉之盛惠，得免瘦瘤；因思无竹之雅言，形诸图画。惟公超雅，谅不揶揄。停笔以思，扪心知感。（徐渭《答王口北》）

徐渭将感谢朋友的话说得得体又幽默，还引用了苏轼的典故，与苏轼的小品文有异曲同工之妙。邵长蘅在《书徐文长集后》中说："徐文长尺牍题跋极有简韵，得苏、黄小品之遗。"[1]徐渭求真重情的文学思想和小品文的成就，是对苏轼及其小品文的继承与发扬，也影响了晚明"性灵说"的文学思潮及晚明小品文的创作。

第二节　苏轼小品文与公安三袁小品文

公安派作为晚明时期的文学流派，其主张和创作风格与苏轼小品文有着密切的关联。苏轼小品文所展现的随性创作、形式自由的特点，对公安派的主张产生了直接的影响。公安派主张"独抒性灵，不拘格套"，强调文学创作应当抒

---

1 邵长蘅：《青门簏稿》卷——《书徐文长集后》，《邵子湘文集》，四库存目丛书，集部第247册，第793页。

发作者的真实情感，表达个性特点，而不受固定的格式和规矩的限制，这与苏轼小品文所追求的自由、随性的创作态度高度契合。

可以说，苏轼小品文为公安派提供了文学创作的理念和方法的借鉴。苏轼小品文所体现的"真、思、趣"的审美情趣，也深深地影响了公安派的创作实践。公安派强调文学作品应当真实反映社会现实和人性特点，深入思考人生哲理，同时注重表现生活的趣味和幽默。这种审美情趣与苏轼小品文所追求的清新自然、闲适淡雅的风格相得益彰，为公安派提供了宝贵的艺术启示。

袁宏道在《识雪照澄卷末》中说："坡公作文如舞女走竿，如市儿弄丸，横心所出，腕无不受者。公尝评道子画，谓如以灯取影，横见侧出，逆来顺往，各相乘除。余谓公文亦然。其至者如晴空鸟迹，如水面风痕，有天地来，一人而已。……故余尝谓坡公一切杂文，活祖师也，其说禅说道理，世谛流布而已。"[1]他认为苏文行云流水的风格为古今第一，尤其杂文可以作为作文的典范，说禅说理广泛流传。晚明文人对苏轼及其小品文尤为推崇。

公安派反对拟古，提出"世道既变，文亦因之"的文学发展观，提出"性灵说"，袁宏道在《叙小修诗》中主张"独抒性灵，不拘格套"[2]，直抒胸臆，不事雕琢。公安派崇尚"趣"，也就是在追求美和个性的解放。袁中道认为"趣"来自于"慧黠之气"，正如他在《刘玄度集句诗序》中说："凡慧则流，流极而趣生焉。天下之趣，未有不自慧生也。山之玲珑而多态，水之涟漪而多姿，花之生动而多致，此皆天地间一种慧黠之气所成，故倍为人所珍玩。"[3]"趣"就是审美趣味。袁宏道在《叙陈正甫会心集》中指出："趣"就是"率心而行，无所忌惮"[4]。

公安三袁的写景抒情的山水小品和闲适小品，创作内容以城市生活和山水

1　袁宏道著，钱伯城笺校：《袁宏道集笺校》卷四一，上海：上海古籍出版社，2008年，第1219-1220页。
2　袁宏道著，钱伯城笺校：《袁宏道集笺校》卷四，上海：上海古籍出版社，2008年，第187页。
3　袁中道著，钱伯城点校：《珂雪斋集》卷十，上海：上海古籍出版社，1989年，第456页。
4　袁宏道著，钱伯城笺校：《袁宏道集笺校》卷十，上海：上海古籍出版社，2008年，第463页。

游乐为主，更加贴近日常生活，率真自然，直接受到苏轼小品文的影响。

袁宗道进一步发展了苏轼的"辞达论"，他看到了修辞的时代性。

> 口舌代心者也，文章又代口舌者也。展转隔碍，虽写得畅显，已恐不如口舌矣，况能如心之所存乎？故孔子论文曰："辞达而已。"达不达，文不文之辨也。……夫时有古今，语言亦有古今。今人所诧为奇字奥句，安知非古之街谈巷语耶？……且空同诸文，尚多己意，纪事述情，往往逼真。其尤可取者，地名官衔，俱用时制。今却嫌时制不文，取秦、汉名衔以文之，观者若不检《一统志》，几不识为何乡贯矣。（袁宗道《论文上》）

袁宗道从语言发展的角度看文章的创作。语言随着时代的变化而变化，文章要写得畅达，要随时代而发展变化，就要用当时在用的词。修辞的目的是表情达意，遣词造句一味拟古，让人难以理解，就违反了辞达的原则。

袁宗道在《士先器识而后文艺》中说："信乎器识文艺，表里相须，而器识狷薄者，即文艺并失之矣。虽然，器识先矣，而识尤要焉。盖识不宏远者，其器必且浮浅。而包罗一世之襟度，固赖有昭晰六合之识是也。大其识者宜何如？曰：豁之以致知，养之以无欲，其庶乎？此又足以补行俭未发之意也。"这里谈的是修辞和个人修养之间的关系。"文艺"与"器识"是表里关系。人要具备"器识"，也就是见识和气量。要通过致知来增长见识，还要排除私欲来培养气量，"器识"的个人修养都具备了才能进行修辞活动。

袁宗道的修辞思想体现在其创作的实践上。袁宗道在《答陶石篑》中说："坡公自黄州以后，文机一变，天趣横生。此岂应酬心肠、格套口角所能仿佛之乎？"[1]他指出苏轼贬谪黄州后的文风为之一变，妙趣横生。袁宗道《白苏斋类集》中的很多写景抒情小品的恬淡闲雅与苏轼小品风格近似。袁宗道山水小品

---

1 袁宗道著，钱伯城标点：《白苏斋类集》卷十六，上海：上海古籍出版社，2007年，第223页。

的特点在于写景传神，文辞简洁，以流畅自然的笔触营造出清幽的意蕴。他在《大别山》中写道："江、汉会合处，大别山隆然若巨鳌浮水上，晴川阁踞其首，方亭踞其背。遐瞩远瞻，阁不如亭。予攀萝坐亭上，则两腋下晶晶万顷。舟樯顺逆，皆挂风帆，如蛱蝶成对，上下飞舞。"袁宗道行文流畅自如，凝练生动，运用比喻修辞手法把大别山比作"巨鳌"，传神地将大别山气势磅礴的特征描绘得淋漓尽致。《上方山一》："自乌山口起，两畔乱峰束涧，游人如行衖中。中有村落、麦田、林屋，络络不绝。饁妇牧子，隔篱窥诧，村犬迎人。至接待庵，两壁突起粘天，中间一罅，初疑此罅乃狝穴蛇径，或别有道达颠，不知身当从此度也。前引僧入罅，乃争趋就之。至此游人如行匣中矣。三步一回，五步一折，仰视白日，跳而东西。踵屡高屡低。方叹峰之奇，而他峰又复跃出。屡跻屡歇，抵欢喜台。返观此身，有如蟹螯郭索潭底，自汲井中，以身为瓮，虽复腾纵，不能出栏。其峰峦变幻，有若敌楼者，睥睨栏楯俱备。又有若白莲花，下承以黄趺，余不能悉记也。"写人写景相结合，注入自己的主观感情去观照从乌山口到欢喜台的整个游览过程，突出山路之奇险，峰峦之秀美，令人有身临其境之感，涉笔成趣，语言简练，流畅自然。袁宗道将"游人如行匣中"与"以身为瓮"对比，流露出宇宙的宏大与个人的渺小、人生的短暂的意味，表现出天人合一的哲思，与苏轼在《赤壁赋》中的"寄蜉蝣于天地，渺沧海之一粟。哀吾生之须臾，羡长江之无穷"的感慨近似。

袁宏道的小品文创作与其修辞思想关系密切。他在《雪涛阁集序》中说："夫法因于敝而成于过者也。矫六朝骈丽钉饾之习者，以流丽胜；钉饾者固流丽之因也。然其过在轻纤，盛唐诸人以阔大矫之。已阔矣，又因阔而生莽，是故续盛唐者以情实矫之。已实矣，又因实而生俚，是故续中唐者以奇僻矫之。然奇则其境必狭，而僻则务为不根以相胜。故诗之道，至晚唐而益小。有宋欧、苏辈出，大变晚习，于物无所不收，于法无所不有，于情无所不畅，于境无所不取，滔滔莽莽，有若江河。今之人徒见宋之不唐法，而不知宋因唐而有法者也。如淡非浓，而浓实因于淡。然其弊至以文为诗，流而为理学，流而为歌诀，流而为偈诵，诗之弊又有不可胜言者矣。"袁宏道分析了文学流变的原因，指出修辞的时代风格既因为改正前代的流弊而形成，又因为矫枉过正走向另一个极端，六朝、唐、宋皆是如此，正是在不断的改变中形成了修辞风格的流变。他在《与丘长孺书》中说："大抵物真则贵，真则我面不能同君面，而况古人之面貌乎？……夫诗之气，一代减一代，故古也厚今也薄。诗之奇之妙之工之无所不极，一代盛一代，故古有不尽之情，今无不写之景。然则古何必高，今何必卑哉？"他倡导文学创作的求"真"，文学创作要遵循"真"的原则，"修辞立其诚"与"真"的内涵是一致的。反对拟古与雷同，倡导求真创新，一代文学有一代的面貌，厚古薄今是不可取的。袁宏道说："其间有佳处，亦有疵处。佳处自不必言，即疵处亦多本色独造语。然予则极喜其疵处。"（《叙小修诗》）"至于诗，则不肖聊戏笔耳，信心而出，信口而谈。……近日湖上诸作，尤觉秽杂，去唐愈远，然愈自得意。"（《与张幼于书》）他认为，语句有瑕疵，他极喜欢，用词秽杂，他还得意，因为出自本色、真心。修辞就是需要修改这些不足的地方。这是他思想上个人喜好与修辞实践的矛盾之处。

袁宏道的小品注重观察大自然的个性特征，并以强烈的情感对其进行生动的刻画，率性而发，直抒胸臆。《满井游记》开头写道："燕地寒，花朝节后，余寒犹厉。冻风时作，作则飞沙走砾。局促一室之内，欲出不得。每冒风驰行，未百步辄返。"立意新奇，结构上也体现了"不拘格套"的创作主张。第二段接着写道："廿二日天稍和，偕数友出东直，至满井。高柳夹堤，土膏微润，一望空阔，若脱笼之鹄。于时冰皮始解，波色乍明，鳞浪层层，清澈见底，晶晶然如镜之新开，而冷光之乍出于匣也。山峦为晴雪所洗，娟然如拭，鲜妍明媚，如倩女之靧面而髻鬟之始掠也。柳条将舒未舒，柔梢披风，麦田浅鬣寸许。游人虽未盛，泉而茗者，罍而歌者，红装而蹇者，亦时时有。风力虽尚劲，然徒步则汗出浃背。凡曝沙之鸟，呷浪之鳞，悠然自得，毛羽鳞鬣之间皆有喜气。

始知郊田之外未始无春，而城居者未之知也。"他先总写郊外早春的景色，把自己和友人比作"脱笼之鹄"，表达了享受自由的兴奋、喜悦之情，情景交融。接着运用了水、山、田野三组优美的特写镜头来展现春色，通过冰皮、水波、山峦、晴雪、柳条、麦苗的意象来以少总多，以点带面。他运用比喻的修辞手法写春水，运用拟人的修辞手法写积雪、山峰的动人，生动形象地描写景物。写游人、鸟、鱼，都带上了主观情感，情景交融达到了"有我之境"。《初至西湖记》："山色如娥，花光如颊，温风如酒，波纹如绫，才一举头，已不觉目酣神醉。此时欲下一语描写不得，大约如东阿王梦中初遇洛神时也。"所见，"山色如娥，花光如颊，温风如酒，波纹如绫"，运用了博喻和排比的手法，调动视觉、嗅觉、视觉，描绘出令人陶醉的西湖美景，如诗如画，形神皆备。所感，正面写表情，侧面写内心活动，抒写自己的真实感受，情景融为一体，正是"性灵说"所说的由"趣"出"真"。

袁宏道的小品注重写景，更多表现市民阶层的游乐，市井风味比较浓厚，给人以新鲜的审美感受。《虎丘记》开头"而中秋尤胜"与后文的"登虎丘者六"结合起来看，袁宏道描写的是虎丘中秋，是综合概括了六次登临印象的意象，是时空观念上的综合审美意象，构思有新意。第二段写道："布席之初，唱者千百，声若聚蚊，不可辨识。分曹部署，竟以歌喉相斗，雅俗既陈，妍媸自别。未几，而摇手顿足者，得数十人而已；已而明月浮空，石光如练，一切瓦釜，寂然停声，属而和者，才三四辈；一箫，一寸管，一人缓板而歌，竹肉相发，清声亮彻，听者魂销。比至夜深，月影横斜，荇藻凌乱，则箫板亦不复用；一夫登场，四座屏息，音若细发，响彻云际，每度一字，几尽一刻，飞鸟为之徘徊，壮士听而下泪矣。"袁宏道以时间顺序带动意象的转变，呈现出层次感鲜明的市井娱乐场景，文笔自然流走，声、色、景、情浑然一体。文章通篇写山水少，写游况多，着墨多少取决于感受的深浅，凸显审美感受作为观照万物的"性灵"特征。袁宏道的《荷花荡》描绘了姑苏观荷的盛况："荷花荡在葑门外，每年六月廿四日，游人最盛，画舫云集，渔刀小艇，雇觅一空。远方游客，至有持数万钱，无所得舟，蚁旋岸上者。舟中丽人，皆时妆淡服，摩肩簇舄，汗透重纱如雨。其男女之杂，灿烂之景，不可名状。大约露帏则千花竞笑，举袂则乱云出峡，挥扇则星流月映，闻歌则雷辊涛趋。苏人游冶之盛，至是日极矣。"他运用四个排比句渲染了节日热闹的气氛，描绘了百姓游玩的喧闹景象，着重写人，把自然山水与对游乐的热闹场景的描写相结合。

《四库全书总目》评价说："其诗文变板重为轻巧，变粉饰为本色，致天下耳目于一新"，所以文坛"靡然而从之"。（卷一七九《袁中郎集》）"轻巧"与"本色"的评价说出了袁宏道文章尤其是小品文的特色。

袁中道在《答蔡观察元履》中说："今东坡之可爱者，多其小文小说，其高文大册，人固不深爱也。使尽去之，而独存其高文大册，岂复有坡公哉！"[1]袁中道的话体现了他对苏轼小品文的推崇。袁中道的小品文灵动活泼，写山水美景传神生动，随意自适。如：

王中翰新居，亦枕山。门前有方塘，贮水可十亩。松桂数十株，森秀蓊郁。寿藤一大壁，作殷红色，杂以碧绿。旁有磐石一具，可弈。中翰云："此处有洞，可容数十人。今封闭未开，其径路亦迷，恐有他藏，亦未敢开也。"由此登山，可数百步，岩石磊磊，至左极高阜，望见江及远山，可亭。中翰乞名，予曰："可名为'远帆亭'"。乞联，书曰："云中辨江树，天际识归舟。"（袁中道《游居柿录》卷一万历三十六年）

袁中道善于将景、事、情融为一体，写新居中松桂"森秀蓊郁"、老藤"作殷红色，杂以碧绿"，景物灵动，色彩明丽，呈现了视觉上的具象美感。写登山，极目远眺大江与远山，远帆亭的对联亦诗亦画。文笔轻灵隽秀，别有雅致。

---

1 袁中道著，钱伯城点校：《珂雪斋集》卷二十四，上海：上海古籍出版社，1989年，第1045页。

袁中道的小品文描写细腻，情感丰富，往往蕴含着理趣。如：

予与长石诸公，步其颠，望江光皓淼，黄山如展筛，意甚乐之。已而见山下石磊磊立，遂走矶上，各据一石而坐。静听水石相搏，大如旱雷，小如哀玉。而细睇之，或形如钟鼎，色如云霞，文如篆籀。石得水以助发其妍而益之媚，不惟不相害，而且相与用。予叹曰："士之值坎禀不平，而激为文章以垂后世者，何以异此哉！"（袁中道《游石首绣林山记》）

袁中道运用"形如钟鼎，色如云霞，文如篆籀"的博喻手法写水中石的形态各异，又由石因为水的冲击而越发妍媚的现象想到仕途不得志的坎坷因而作文得以名垂后世的道理。文章立意新奇，寓理于景，颇具哲理意味。

袁中道的小品文想象力丰富，描写中寄寓着谐谑意味。如：

朱鱼万尾，匝池红酣，烁人目睛。日射清流，写影潭底，清慧可怜。或投饼于左，群赴于左，右亦如之，咀呷有声。然其跳达刺泼，游戏水上者，皆数寸鱼；其长尺许者，潜泳潭下，见食不赴，安闲宁寂，毋乃静躁关其老少耶？（袁中道《西山十记·记四》）

袁中道观察事物仔细，描摹金鱼生动传神，从小鱼、大鱼的静躁联想到老人与青年人静躁的不同，幽默风趣。

苏轼及其小品文在文学史上的地位和影响力，为公安派的发展提供了重要的历史背景和文化支持。苏轼小品文在明代后期被广泛传颂和欣赏，对公安派在文学理念、修辞思想的产生和发展影响巨大。苏轼小品文对公安派的影响是多方面的，不仅体现在创作理念和方法上，也体现在审美情趣和文学地位上。苏轼小品文为公安派提供了宝贵的文学资源和历史支持，推动了公安派在文学创作上的发展和创新。

第三节　苏轼小品文与张岱小品文

张岱继承了公安派的文学主张，提倡率真任情的文学，"盖其为文，不主一家，而别以成其家，故能醇乎其醇，亦复出奇尽变，所谓文中之乌获，而后来之斗杓也。"[1]（王雨谦《琅嬛文集序》）在创作上博采各家、兼收并蓄，形成了自己醇真奇变的风格，是晚明小品文艺术的集大成者。

宗白华指出："宋代苏东坡用奔流的泉水来比喻诗文。他要求诗文的境界要'绚烂之极归于平淡'，即不是停留在工艺美术的境界，而是上升到表现思想情感的境界。平淡并不是枯淡，中国向来把'玉'作为美的理想。玉的美，即'绚烂之极归于平淡'的美。可以说，一切艺术的美，以至于人格的美，都趋向玉的美：内部有光采，但是含蓄的光采，这种光采是极绚烂，又极平淡。"[2]苏轼的小品文就呈现出超然淡泊的风格，是苏轼的思想上升到了寄绚烂于平淡的境界的结果。张岱在《答袁箨庵》中说："布帛菽粟之中，自有许多滋味，咀嚼不尽，传之永远，愈久愈新，愈淡愈远。东坡云：'凡人文字，务使和平知足；余溢为奇怪，盖出于不得已耳。'"[3]张岱推崇的冲淡自然的美学境界与苏轼是一致的。张岱的小品文的审美取向和创作风格也受到了苏轼小品文的影响。

他们都有发现美的眼光，擅长从日常生活和寻常小物中找到创作的灵感，创作出来的小品文别有一番趣味与韵味。苏轼小品文立意翻空出奇，擅长挖掘事物中所蕴含的哲理，这也影响了张岱。寓理于景的手法在他们的小品文中都有所体现。

---

1 张岱著，夏咸淳辑校：《张岱诗文集》，上海：上海古籍出版社，2014年，第497页。
2 宗白华：《美学散步》，上海：上海人民出版社，1998年，第37页。
3 张岱著，夏咸淳辑校：《张岱诗文集》卷三，上海：上海古籍出版社，2014年，第315-316页。

（1）余尝寓居惠州嘉祐寺，纵步松风亭下，足力疲乏，思欲就床止息。仰望亭宇，尚在木末。意谓如何得到。良久忽曰："此间有甚么歇不得处？"由是心若挂钩之鱼，忽得解脱。若人悟此，虽两阵相接，鼓声如雷霆，进则死敌，退则死法，当恁么时，也不妨熟歇。（苏轼《记游松风亭》）

（2）己卯上元，予在儋州，有老书生数人来过，曰："良月嘉夜，先生能一出乎？"予欣然从之。步城西，入僧舍，历小巷，民夷杂揉，屠沽纷然，归舍已三鼓矣。舍中掩关熟睡，已再鼾矣。放杖而笑，孰为得失？过问先生何笑，盖自笑也。然亦笑韩退之钓鱼无得，更欲远去，不知走海者未必得大鱼也。（苏轼《书上元夜游》）

苏轼《记游松风亭》借游亭阐释随遇而安的道理，寓理于象，又用生动的比喻形象地道出，情趣、理趣兼备。《书上元夜游》借夜游阐发笑悟得失的哲思。

（3）以绍兴府治大如蚕筐。其中所有之山，磊磊落落，灿若列眉，尚于八山之外，犹遗黄琢。则郡城之外，万壑千岩，人迹不到之处，名山胜景弃置道旁，为村人俗子所埋没者，不知凡几矣。……至康乐有知，应饱终天之恨。云迷芒砀，路塞桃源，此中殆有天意。其作合信有机缘，要不可以旦夕诡遇也。（张岱《黄琢山》）

（4）余因想世间珍异之物，为庸人埋没者，不可胜记。而尤恨此山生在城市，坐落人烟凑集之中，仅隔一垣，使世人不得一识其面目，反举几下顽石以相诡溷。何山之不幸一至此哉！（张岱《峨眉山》）

张岱借黄琢山阐述事物的发现需要机遇的道理，借峨眉山发出世间珍异被埋没的感慨。

苏轼小品文在谋篇上的别具一格也影响了张岱。

（5）余蓄墨数百挺，暇日辄出品试之，终无黑者，其间不过一二可人意。以此知世间佳物，自是难得。茶欲其白，墨欲其黑。方求黑时嫌漆白，方求白时嫌雪黑，自是人不会事也。（苏轼《书墨》）

苏轼以蓄墨话题推及世间好物难得，进而以茶墨之喻，谈论君子与小人。决定君子、小人的标准是德行和操守。最后以漆雪之喻暗示应该辩证去看待问题，不能绝对化。

（6）《禹贡》："青州有铅松怪石。"解者曰：怪石，石似玉者。今齐安江上往往得美石，与玉无辨，多红黄白色。其文如人指上螺，精明可爱，虽巧者以意绘画有不能及。岂古所谓怪石者耶？/

凡物之丑好，生于相形，吾未知其果安在也。使世间石皆若此，则今之凡石复为怪矣。海外有形语之国，口不能言，而相喻以形。其以形语也，捷于口，使吾为之，不已难乎？故夫天机之动，忽焉而成，而人真以为巧也。虽然，自禹以来怪之矣。/

齐安小儿浴于江，时有得之者。戏以饼饵易之。既久，得二百九十有八枚。大者兼寸，小者如枣、栗、菱、芡，其一如虎豹，首有口、鼻、眼处，以为群石之长。又得古铜盆一枚，以盛石，挹水注之粲然。而庐山归宗佛印禅师适有使至，遂以为供。/

禅师尝以道眼观一切，世间混沦空洞，了无一物，虽夜光尺璧与瓦砾等，而况此石；虽然，愿受此供。灌以墨池水，强为一笑。使自今以往，山僧野人，欲供禅师，而力不能办衣服饮食卧具者，皆得以净水注石为供，盖自苏子瞻始。时元丰五年五月，黄州东坡雪堂书。（苏轼《怪石供》）

文章第一层开门见山提及齐安江上的怪石，生发议论，第二层忽然说出"海外有形语之国"的话题，看似离题，实则不然，与下文的齐安小儿得怪石的事情和我以饼饵易石，以净水注石供奉佛印供禅师的事情相连。第二层的"海外有形语之国"的虚笔起到了承上启下的作用，把第一层的齐安江怪石的内容和第三层的齐安小儿得怪石的内容连贯起来，又引出第四层的内容：我把水注入石头，恰巧佛印禅师使者到来以为那是我的供品。苏轼小品文的谋篇注重意脉始终连接，环环相扣，看似无布置，其实布置之法已经不露痕迹、炉火纯青了。

（7）将至曲江，船上滩欹侧，撑者百指，篙声石声荦然，四顾皆涛濑，士无人色，而吾作字不少衰，何也？吾更变亦多矣，置笔而起，终不能一事，孰与且作字乎？（苏轼《书舟中作字》）

文章先写滩险舟危，撑者、乘客慌乱的情状，再写自己处变不惊，依然作字。这种对比充分显示出了他历尽沧桑后随遇而安、乐观洒脱的人生态度。

（8）西湖七月半，一无可看，止可看看七月半之人。看七月半之人，以五类看之。其一，楼船箫鼓，峨冠盛筵，灯火优傒，声光相乱，名为看月而实不见月者，看之。其一，亦船亦楼，名娃闺秀，携及童娈，笑啼杂之，环坐露台，左右盼望，身在月下而实不看月者，看之。其一，亦船亦声歌，名妓闲僧，浅斟低唱，弱管轻丝，竹肉相发，亦在月下，亦看月而欲人看其看月者，看之。其一，不舟不车，不衫不帻，酒醉饭饱，呼群三五，跻入人丛，昭庆、断桥，嚣呼嘈杂，装假醉，唱无腔曲，月亦看，看月者亦看，不看月者亦看，而实无一看者，看之。其一，小船轻幌，净几暖炉，茶铛旋煮，素瓷静递，好友佳人，邀月同坐，或匿影树下，或逃嚣里湖，看月而人不见其看月之态，亦不作意看月者，看之。

杭人游湖，巳出酉归，避月如仇。是夕好名，逐队争出，多犒门军酒钱。轿夫擎燎，列俟岸上。一入舟，速舟子急放断桥，赶入胜会。以故二鼓以前，人声鼓吹，如沸如撼，如魇如呓，如聋如哑。大船小船一齐凑岸，一无所见，止见篙击篙，舟触舟，肩摩肩，面看面而已。少刻兴尽，官府席散，皂隶喝道去。轿夫叫，船上人怖以关门，灯笼火把如列星，一一簇拥而去。岸上人亦逐队赶门，渐稀渐薄，顷刻散尽矣。

吾辈始舣舟近岸，断桥石磴始凉，席其上，呼客纵饮。此时月如镜新磨，山复整妆，湖复颒面，向之浅斟低唱者出，匿影树下者亦出。吾辈往通声气，拉与同坐。韵友来，名妓至，杯箸安，竹肉发。月色苍凉，东方将白，客方散去。吾辈纵舟，酣睡于十里荷花之中，香气拍人，清梦甚惬。（张岱《西湖七月半》）

文章以对比式结构组织篇章，达官贵人、名娃闺秀、名妓闲僧、慵懒之徒四类看月之人与作者的好友们形成了鲜明的对比，不作褒贬之论，暗含褒贬之意。表面上看是写人，实际上贯穿文章的意脉是看月。文章第一段说"一无可看，止可看看七月半之人"，反面揭题，别开生面。接着直接点出五类看月之人，以总分的结构分述列举，作者以客观的眼光分别描述了每一类人的人员构成及看月的特点，既传神又写实。第二段运用第三人称从视觉、听觉两个角度叙述了杭州人游湖的纷繁嘈杂的场面，"少刻兴尽"，"顷刻散尽"，来去匆匆，"避月如仇"。这一段与第一段"西湖七月半，一无可看"相互呼应，也为下文作铺垫。第三段转换为第一人称叙述，"吾辈"观赏了静美的月色，"月如镜新磨，山复整妆，湖复颒面"。前文所写的第三类人和第五类人也走出来与吾辈同坐，共享月色、美酒与丝竹，通宵达旦，客人方才兴尽而散，与前文众人匆匆散去形成对照。吾辈意犹未尽，"纵舟"，不妨就"酣睡于十里荷花之中"，感受着"香气拍人，清梦甚惬"。

苏轼的小品文讲究笔力曲折多变，张岱的小品文也注重笔力的变化多端。苏轼曾说："某平生无快意事，惟作文章，意之所到，则笔力曲折，无不尽意。

自谓世间乐事无逾此者。"[1]苏轼的小品文既能尽意，又笔力曲折，增添了文章的灵活和精妙，有波澜起伏的气韵。

（9）余谪居惠州，子由在高安，各以一子自随。余分寓许昌、宜兴，岭海隔绝。诸子不闻余耗，忧愁无聊。苏州定慧院学佛者卓契顺谓迈曰："子何忧之甚，惠州不在天上，行即到耳，当为子将书问之。"绍圣三年三月二日，契顺涉江度岭，徒行露宿，僵仆瘴雾，鬽面茧足以至惠州。得书径还。余问其所求。答曰："契顺惟无所求，而后来惠州。若有所求，当走都下矣。"苦问不已。乃曰："昔蔡明远鄱阳一校耳，颜鲁公绝粮江淮之间，明远载米以周之。鲁公怜其意，遗以尺书，天下至今知有明远也。今契顺虽无米与公，然区区万里之勤，傥可以援明远例，得数字乎？"余欣然许之，独愧名节之重，字画之好，不逮鲁公。故为书渊明《归去来词》以遗之，庶几契顺托此文以不朽也。（苏轼《书归去来词赠契顺》）

文章先记叙了事情起因，苏轼贬谪惠州，而长子苏迈还在宜兴，家人相隔甚远，不通音信，不胜忧虑。第一次笔力曲折处，文起波澜在契顺之言。定慧院弟子卓契顺豪气干云地说："惠州不在天上，行即到耳"，随即决定去送家书。说比做难，能否顺利做到？接着引起第二次曲折处在于契顺之行，契顺跋山涉水、风尘仆仆到达惠州将家书送到。素昧平生，千里迢迢送家书没有所求吗？这就引起第三次曲折处在于契顺之言行，他拿到回信便要直接返回，并不索求回报。苏轼问其所求，他说并无所求。第四次曲折处在苏轼苦问之下才得到契顺的回答。契顺说"区区万里之勤"只愿"援明远例得数字"，苏轼欣然应许。文章通过三次曲折将契顺万里送家书的事叙述得波澜起伏，凸显了契顺的义举，人物的光辉尽在叙述之中。

1　吴处厚，何薳著，钟振振校点：《青箱杂记 春渚纪闻》卷六，上海：上海古籍出版社，2012年，第112页。

（10）崇祯二年中秋后一日，余道镇江往兖。日晡，至北固，舣舟江口。月光倒囊入水，江涛吞吐，露气吸之，噀天为白。余大惊喜。移舟过金山寺，已二鼓矣。经龙王堂，入大殿，皆漆静。林下漏月光，疏疏如残雪。余呼小奚携戏具，盛张灯火大殿中，唱韩蕲王金山及长江大战诸剧。锣鼓喧阗，一寺人皆起看。有老僧以手背搬眼臀，翕然张口，呵欠与笑嚏俱至。徐定睛，视为何许人，以何事何时至，皆不敢问。剧完，将曙，解缆过江。山僧至山脚，目送久之，不知是人、是怪、是鬼。（张岱《金山夜戏》）

文章开头自述行程，写长江月夜景色，动景与静景相结合，"月光倒囊入水"的"囊"字，"噀天为白"的"噀"字，把月色写得极具动态美，呈现出一幅水汽蒸腾、月华如练的画面。作者见此美景大为惊喜。移步换景，来到金山寺，看到树林中漏出的月华疏疏落落，就像残雪铺在地面上，这是月色的静态美。如此夜色美景，作者戏瘾大发，在寺庙大殿唱起戏来。作者通过描写一位老僧的动作，展现出僧人们惊疑、惊喜的情绪。作者以看戏众僧的反应衬托出夜半唱戏给人带来的震撼，巧妙地运用点面结合的手法，以一老僧为点，着重渲染，以众僧为面，连带兼及，众人的反应仿佛生动地展现在了读者眼前。叙事娓娓道来蕴含着深沉的情感，写景写人传神生动，笔调别致，足见张岱为文笔力深厚。

苏轼小品文擅长运用意象去营造意境，张岱小品文中的意象也蕴含了情趣与神韵。

（11）东坡居士酒醉饭饱，倚于几上，白云左绕，清江右洄，重门洞开，林峦坌入。当是时，若有思而无所思，以受万物之备，惭愧！惭愧！（苏轼《书临皋亭》）

苏轼仅用四个四字句，运用白云、江水、重门、林峦四个意象，营造了一种雄深开阔的意境，事、景、情融为一体，呈现了万物皆备于我的从容心态。有所思还是无所思都不重要了，人与万物和谐共生，就保持随缘自适，不受羁绊的状态，感受自然之美和心灵的自由。语言简练自然，含蓄蕴藉，有空灵之美。

（12）是日，四方流离及徽商西贾、曲中名妓，一切好事之徒，无不咸集。长塘丰草，走马放鹰；高阜平冈，斗鸡蹴踘；茂林清樾，劈阮弹筝。浪子相扑，童稚纸鸢，老僧因果，瞽者说书，立者林林，蹲者蛰蛰。日暮霞生，车马纷沓。宦门淑秀，车幕尽开，婢媵倦归，山花斜插，臻臻簇簇，夺门而入。（张岱《扬州清明》）

文章描绘了清明时节扬州城的热闹景象，先用散句，再用整句，连用二十个四字句是运用赋的铺陈手法来写小品，不拘一格，这些意象如诗如画，共同营造了跃动的意境，在明丽的春景中，户外活动进行得如火如荼，各色人等姿态各异，到了日暮时分，车水马龙，又竞相回城。人物与景物共同构成了一幅世俗风情画，充满了生活气息。

《记承天寺夜游》与《湖心亭看雪》体现了二人的审美情趣是相似的，苏文的"闲"与张文的"痴"都是文人的雅趣。苏轼与张岱都是通过意象渲染静谧幽美的氛围，呈现出一种空灵美，苏文中的月与张文中的雪都是生发游赏兴趣的原因，也是文章重点描绘的意象，苏文的意境是空明澄澈的，张文的意境是清冷静穆的。苏、张二人都善于营造意境，以独特的美学品味和独特的修辞表现独特的审美心态。"写说与听读之间不但有着交流思想的交际关系；而且，同时对交际所使用的语言（话语文章）也就有了审美关系。语言美就正是最佳表达效果的美学表现。"[1]

---

1 陈光磊：《修辞论稿》，北京：北京语言文化大学出版社，2001年，第13页。

不同的是，张岱经历过改朝换代，张岱的小品文还充满了对历史和文化的深刻思考。他通过对往日生活的追忆，表达了对人生浮沉的感慨和对历史变迁的无奈。这种对历史和文化的关注，使得他的小品文具有了更深远的思想内涵和文化价值。如：

（13）至香市，则殿中边甬道上下、池左右、山门内外，有屋则摊，无屋则厂，厂外又棚，棚外又摊，节节寸寸。凡胭脂簪珥、牙尺剪刀，以至经典木鱼、伢儿嬉具之类，无不集。

此时春暖，桃柳明媚，鼓吹清和，岸无留船，寓无留客，肆无留酿。袁石公所谓："山色如娥，花光如颊，温风如酒，波纹如绫"，已画出西湖三月，而此以香客杂来，光景又别。士女闲都，不胜其村妆野妇之乔画；芳兰芷泽，不胜其合香芜荽之薰蒸；丝竹管弦，不胜其摇鼓欲笙之聒帐；鼎彝光怪，不胜其泥人竹马之行情；宋元名画，不胜其湖景佛图之纸贵。如逃如逐，如奔如追，撩扑不开，牵挽不住。数百十万男男女女、老老少少，日簇拥于寺之前后左右者，凡四阅月方罢。恐大江以东，断无此二地矣。

崇祯庚辰三月，昭庆寺火。是岁及辛巳壬午荐饥，民强半饿死。壬午道梗，山东香客断绝，无有至者，市遂废。辛巳夏，余在西湖，但见城中饿殍异出，扛挽相属。时杭州刘太守梦谦，汴梁人，乡里抽丰者，多寓西湖，日以民词馈送。有轻薄子改古诗诮之曰："山不青山楼不楼，西湖歌舞一时休。暖风吹得死人臭，还把杭州送汴州。"可作西湖实录。（张岱《西湖香市》）

节选部分第一句至第七句构建了四个意象：第一个意象描绘的是香市的摊点，第二个意象描绘的是明媚的春景，第三个意象描绘的是香市的整体面貌，第四个意象描绘的是香市上人潮如织。最后一段叙述了三件事：农民起义、百姓饿死、官僚贪腐。叙述口吻冷峻而克制，字字泣血，沉重悲愤。前面四个意象是组合意象，与最后一段的三件事形成了强烈的对比，盛衰之间，一喜一悲，对比手法的运用强化了揭示文章主旨的强度和力度。作者最后引用了讽刺诗反映百姓的悲愤心态，含蓄地寄寓了深刻强烈的兴亡的感慨。

张岱小品文鲜明的修辞特色突出体现在多用反复手法、名词用作动词以及量词的运用上。如：

（14）以笠报颅，以蒉报踵，仇簪履也；以衲报裘，以苎报绨，仇轻暖也；以藿报肉，以粝报粮，仇甘旨也；以荐报床，以石报枕，仇温柔也；以绳报枢，以瓮报牖，仇爽垲也；以烟报目，以粪报鼻，仇香艳也；以途报足，以囊报肩，仇舆从也。种种罪案，从种种果报中见之。（张岱《陶庵梦忆序》）

（15）于是分头四出，寻黑矮汉，寻梢长大汉，寻头陀，寻胖大和尚，寻茁壮妇人，寻姣长妇人，寻青面，寻歪头，寻赤须，寻美髯，寻黑大汉，寻赤脸长须，大索城中，无则之郭、之村、之山僻、之邻府州县，用重价聘之，得三十六人。（张岱《及时雨》）

例（14）"以……报……，以……报……，仇……"的重复，不仅在句式上形成多项排比，扩大了信息的含量，突出往昔富贵荣华与如今穷困潦倒的对比，增强了文势，还在音节上造成有规律的重复，增强回环往复、抑扬顿挫的效果。例（15）"寻……"的重复，突出寻找时间长，范围广，难度大，再以四个"之……"的重复，概括了寻找地域由大及小，由远及近的变化，具有再现与临摹生活场景的功能。

（16）家大人造楼，船之；造船，楼之。（张岱《楼船》）

（17）一肚皮园亭，于此小试，台之、亭之、廊之、栈道之，照面楼之，侧又堂之、阁之。（张岱《巘花阁》）

（18）鲁藩之灯，灯其殿，灯其壁，灯其楹柱，灯其屏，灯其座，灯其宫扇伞盖。（张岱《鲁藩烟火》）

例（16）"船之""楼之"是对"以船形造之""以楼形造之"的活用，例（17）中的"台之""亭之""廊之"等，例（18）"灯其殿"的"灯"是点灯之意，这个例子里还叠加了"灯"的重复手法，名词用作为动词，既是一种陌生化手段，还使语言凝练，造成言约意丰的效果，增强了表现力度。

（19）雾凇沆砀，天与云与山与水，上下一白，湖上影子，惟长堤一痕、湖心亭一点、与余舟一芥、舟中人两三粒而已。（张岱《湖心亭看雪》）

张岱以点染手法，采取鸟瞰的全景视角，先是描绘了西湖夜雪的写意图，再用浓墨突出长堤、湖心亭、舟、舟中人，"痕""点""芥""粒"，这四个量词运用，构成了超常搭配，"痕"突出了长堤被雪覆盖的若有似无，"点"突出了湖心亭的小、圆，"芥""粒"运用了比喻的手法，把舟比作荆芥叶，把舟中人比作米粒，生动形象地描绘了景物的情态，巧妙地用量词就完成了比喻的构建，制造了视觉上的大小对比，营造了如诗如画的意境。

第四节　苏轼小品文与袁枚小品文

袁枚继承并发展了公安派的"性灵说"，接受了苏轼小品中求"真"重"情"的审美特征，他主张在作品中写出自己的个性，直抒胸臆，写出个人的"性情遭际"，主张将"性灵"和"学识"结合起来，以性情、天分和经历作为创作基础，以"真、新、活"为创作追求。袁枚在《随园诗话》中说："凡诗之传者，都是性灵。"（卷五）又说："牡丹、芍药，花之至富丽者也，剪彩为之，不如野蓼山葵矣。味欲其鲜，趣欲其真，人必知此，而后可与论诗。"（卷一）可见，"味"与"趣"是其创作时追求的标准。袁枚在《随园诗话》中的论述体现了他的修辞思想。如：

（1）东坡诗云："惆怅东阑一枝雪，人生能得几清明？"此偷杜牧之"砌下梨花一堆雪，明年谁倚此阑干"句也。然风调自别。（《随园诗话补遗》卷三）

他认为学习前人在于师其意而不是师其词，修辞要适应题旨情境。杜牧、苏轼二人都是吟咏梨花，因为题旨情境不同，所以"风调自别"。

（2）诗文用字，有意同而字面整碎不同、死活不同者，不可不知。杨文公撰《宋主与契丹书》，有"邻壤交欢"四字。真宗用笔旁抹批云："鼠壤？粪壤？"杨公改"邻壤"为"邻境"，真宗乃悦。此改碎为整也。范文正公作《子陵祠堂记》，初云："先生之德，山高水长。"旋改"德"为"风"字，此改死为活也。（《随园诗话》卷四）

袁枚强调了炼字的重要性，炼字能造成改碎为整、改死为活的效果。

（3）用典如水中著盐，但知盐味，不见盐质。（《随园诗话》卷七）
（4）严海珊咏桃花云："怪他去后花如许，记得来时路也无？"暗中用典，真乃绝世聪明。（《随园诗话》卷三）

袁枚以"水中著盐"的比喻来论述暗用典故的修辞效果，他认为用典以暗用为佳。严海珊咏桃花暗用陶渊明《桃花源记》渔人寻不到来时路的典故是诗人的高明之处。

袁枚的小品文中求"真"重"情"，其代表是《祭妹文》。这篇文章按照时间顺序，先写幼年，次写三妹归家之后，最后写病危和死，叙事层层递进，感情渐渐加深，叙事与抒情交融贴合，情真意切，感人至深。这篇文章的传情艺术通过谋篇展现出来。

袁枚通过典型细节的描写传情。文章第三段选取了极富情致的生动细节描述，捉蟋蟀、同读书，以及送行、迎归，都是"琐琐"屑事，作者寓情于事，直言"一日未死，则一日不能忘"，在叙述中突出个人的主观情感，"旧事填膺，思之凄梗"。写事突出重点，详略得当，注重细描精选，人物刻画生动传神，传情真切深刻，极易引起读者的同理心。

袁枚运用抒情句和对比手法直接抒发悼亡至情。文章开头以"呜呼"直呼亡妹，为全文奠定了凄切哀婉的悲怆基调。接着，作者巧妙地将回忆与现实结合起来，往日的温馨相处与如今物是人非产生了鲜明的对比，"然而汝已不在人间，则虽年光倒流，几时可再，而亦无与为证印者矣。"更加突出了如今的凄怆。第五段的一句"呜呼痛哉"，把对亡妹的思念、同情、内疚、哀痛统统浓缩在伤心欲绝的悲叹中。这一处的悲叹与开头奠定基调的"呜呼"形成了呼应，情感层层加深。作者慨叹："汝死我葬，我死谁埋？汝倘有灵，可能告我？"将视线拉回眼前的墓地，紧接着最后一段开头的"呜呼！"悲痛之情无法自已。最后一段结尾的"阿兄归矣，犹屡屡回头望汝也。呜呼哀哉！呜呼哀哉"，也是对前文哀叹的呼应，对妹妹的怀念和挚爱之情表达得淋漓尽致。

袁枚运用寓情于景的手法，以写景描境寓情。文章第六段写素文墓地："其旁葬汝女阿印，其下两冢，一为阿爷侍者朱氏，一为阿兄侍者陶氏。羊山旷渺，南望原隰，西望栖霞，风雨晨昏，羁魂有伴，当不孤寂。"羊山空旷荒凉，只有三名死者伴着妹妹，作者借墓地的环境描写渲染了悲凉的气氛，抒发了悲伤的情感。最后一段写自己祭奠妹妹时的场景，"纸灰飞扬，朔风野大"，北风肆虐呼啸，寒凉朔风吹得纸灰飞扬，引起作者更沉重的悲凉茫然之感。全文寓情于事、景，可谓至情出至文，至文感人心。

《所好轩记》的立意谋篇与苏轼的《喜雨亭记》相似，名为《所好轩记》，文章开头却不写轩，以"所好"引起话题，以"好色，好葺屋，好游，好友，好花竹泉石，好珪璋彝尊、名人字画"来衬托"好书"，接着谈好书与别的爱好的不同之处，也解释了自己爱书的原因，最后才点明把书轩取名为"所好"的原因。文章是袁枚率真性情和清新风格的集中体现。

袁枚的写景继承了苏轼小品文与公安派小品文的清新隽永的传统，在模山范水的同时注重个人主观感受的表达。《峡江寺飞泉亭记》第四段如此描写："登山大半，飞瀑雷震，从空而下。瀑旁有室，即飞泉亭也。纵横丈余，八窗明净，闭窗瀑闻，开窗瀑至。人可坐，可卧，可箕踞，可偃仰，可放笔研，可瀹茗置饮，以人之逸，待水之劳，取九天银河置几席间作玩。当时建此亭者，其仙乎？"写瀑布的景观来衬托亭的幽雅，"闭窗瀑闻，开窗瀑至"两句写在亭中观瀑的惬意，接着用排比句写人可以在亭中进行自由自在的活动，作者想象力丰富，运用夸张手法写"取九天银河"于手中把玩，以感叹句感慨建亭人的奇思妙想。作者不拘一格，从游玩的情趣和个人的感受的角度写亭，正是在创作时抒写"性灵"的表现。作者接着在第五段中写道："僧澄波善弈，余命霞裳与之对枰。于是水声、棋声、松声、鸟声，参错并奏。顷之，又有曳杖声从云中来者，则老僧怀远抱诗集尺许，来索余序。于是吟咏之声又复大作。天籁人籁，合同而化。不图观瀑之娱，一至于斯，亭之功大矣！"第五段开头便写寺中僧人与弟子霞裳下棋，与第四段写亭中活动相呼应，意脉贯连不断。接着从听觉角度写在亭中听到的各种声音，运用比喻手法描绘大自然的声音宛如音乐齐奏。老僧索序的记叙更是神来之笔，表面上好似打断了声音的描写，实际上并没有，反而起到了此时无声胜有声的效果，也是为下文的声音的高潮作铺垫。作者接着写"吟咏之声又复大作"，自然界的水声、棋声、松声、鸟声继续吟唱，与亭中人交谈的声音融为一体，得到了人与自然的和谐。作者语言自然流畅，突出了人在观景中的心理，完美地与风景的秀丽结合消融在一起，表达了人可以用以逸待劳的态度去欣赏自然界的美景，又天地同化的思想，字字珠玑，富有哲理思辨色彩。《浙西三瀑布记》运用比喻、夸张、拟人等多种手法，细腻而生动地描摹了石梁、大龙湫、石门洞三处瀑布的地理环境和瀑布水的形态、气势。袁枚敏锐地捕捉了"三瀑"各自独特的个性，通过形象的描绘，赋予它们不同的情态。石梁的喧闹壮丽，大龙湫的柔和娴静，石门洞的富于乐感，各具情态。文章写法别具匠心、不拘一格：一方面在描写景色时，传达了作者个人的主观感受；另一方面是通过相互比较的方式，对这三处瀑布进行叙写。《游桂林诸山记》则紧扣桂林山水的特色，以栖霞山洞为主要描写对象，同时附带描写其他景点，做到重点突出，详略得当。在比喻的描写中，巧妙地穿插了议论，使景色既生动形象又充满理趣。作者更将自己的主观情感融入景物的描写中，使读者能够深切地感受到自然的美。第五段的描写可以看出袁枚的修辞特色。"大抵桂林之山，多穴，多窍，多耸拔，多剑穿虫齿，前无来龙，后无去踪，突然而起，戛然而止，西南无朋，东北丧偶，较他处山尤奇。余从东粤来，过阳朔，所见山业已应接不暇，单者、复者、丰者、杀者、揖让者、角斗者、绵延者、斩绝者，虽奇鸧九首，玃疏一角，不足喻其多且怪也。得毋西粤所产人物，亦皆孤峭自喜，独成一家乎？"袁枚因袭了晚明公安派"以俚俗为趣"的语言风格，"西南无朋，东北丧偶"，俚俗生动，幽默诙谐。文章骈散结合，排比句式、对偶句式的运用，增强了节奏感和气势。

《游黄龙山记》开篇仅用寥寥数笔写山："山皆磈磊大圆石，坻伏郁埋，各相跆藉，类东鲁峄山，与台、宕绝异。"袁枚借山来说理，接着就以"人疑造物矜奇乃尔"引起话题，他不认为自然景观是造物者有意为之，而是自然形成的。于是，他抛出自己的观点："气化推迁，偶然而生，适然而成。"他通过儿时溶锡事的描写，以具体事例去说理，化抽象为具体，他发出议论："是岂余之有意为哉？其倾之于水也，余之所知也；其成如是形也，非余之所知也。问之锡，锡不知；问之水，水亦不知。"再次论述万物不是有意为之的道理。接着以"山之道，何独不然？"一句转入山的成因的阐述，强调山体"诡状殊形"是气化推迁的结果。这种借山水说理的写法也是对苏轼说理小品文的借鉴与继承。"游记"写成"山说"，可以看出袁枚破体为文的思想，可以打破体裁之间的界限。这种直抒性灵的写法，使文章变得别有新趣。兴之所至，纵笔直书，不拘格套，是袁枚文章的特色。《游武夷山记》采取夹叙夹议的写法，不时地抒发自己的情感，既突出了武夷山别树一帜的景致，又阐发了自己对作文之法的感悟，可谓融景、事、情、理于一体。《游丹霞记》既描写了丹霞山的美景，又论述了读书不要囿于前人之见的道理。

结　语

　　苏轼是我国北宋时期杰出的文学家和语言大师。苏轼散文在文学上的巨大成就，奠定了其在汉语修辞史上的重要地位。苏轼散文在语音修辞、词汇修辞、句法修辞、修辞格和篇章修辞、文体修辞、风格修辞上都取得了较高的成就，丰富了其散文修辞的表现形式，增强了散文言语的表现力和韵律美。在语音修辞层面，苏轼通过押韵、平仄、叠音形式、双声形式、叠韵形式等手段，绘声状物极尽情貌，使得散文的表达音响效果与表意效果兼备。在词汇修辞层面，苏轼通过词语的锤炼、成语的选用增强了散文语言的表现力。在句法修辞层面，苏轼一方面通过陈述句、疑问句、感叹句等句式对散文的景、事、情、理进行组合调配，另一方面运用省略、倒装等句法手段，增强语言表达的节奏感和感染力，达到表情达意的目的。在修辞格运用层面，苏轼恰当巧妙地运用比喻、用典、比拟、夸张、通感、对偶等修辞格，多种修辞格综合运用，新意层出，极大地提高了散文语言的表达效果。在篇章修辞层面，苏轼利用各种篇章组织模式增强篇章形式的多样性，运用各种衔接、照应的手段使文章逻辑上更严密，语言表达上更连贯。

　　苏轼散文修辞的成就体现在其散文的修辞话语建构与修辞风格创造，他的文艺学思想、美学思想和修辞思想影响了其散文的创作实践。苏轼散文的修辞风格是独特而兼容的，来源于其涵养的性情与才气。在对前代文艺作品的继承的基础上，苏轼在散文创作上形成了"文理自然，姿态横生"的修辞风格。他在题材、体裁、语言等方面对各种体裁样式进行了继承与创新。苏轼是"新古文的集大成者，和其变体（小品文）的开启者。"[1]从体裁样式的创新上来说，苏轼散文对各类体裁样式的创制与发展作出了很大的贡献。我们以赋、记体散文、书序、题跋、小品文五个专题探讨苏轼散文体裁样式的创新。苏轼的散文修辞对后世产生了广泛而深远的影响。许多后世文学家在创作过程中都受到了苏轼散文修辞的启发和影响，纷纷模仿其语言风格、表现手法和体裁体式。我们以苏轼小品文为切入点，以明清小品文的六位代表作家的专题研究来探讨苏轼小品文对后世的影响。我们只是选择几个侧面来探究其继承、发展与影响的关系。苏轼散文的修辞实践代表了北宋时期散文的最高成就，在汉语修辞学史上起到承前启后的作用，为后世文学创作发挥着典范作用。

　　本课题是运用修辞学理论与方法，借鉴文艺学、美学的理论与方法对苏轼散文修辞的创新与传承进行考察、分析、梳理的尝试，但个人学术水平有限，研究能力有限，数据研究做得不够充分，研究的欠缺之处有待改进。苏轼散文修辞的关于表达过程和接受过程的动态研究、苏轼散文修辞对前代的继承与创新、对后世的影响的数据统计及借鉴其他学科的新理论、新方法的研究，都需要做更深入的探讨。

1　王水照，朱刚：《苏轼评传》，武汉：长江文艺出版社，2019年，第356页。

参考文献

著作类：

[1] 陈光磊：《修辞论稿》，北京：北京语言文化大学出版社，2001年。

[2] 陈望道：《修辞学发凡》，上海：复旦大学出版社，2008年。

[3] 褚斌杰：《中国古代文体概论》，北京：北京大学出版社，1990年。

[4] 崔绍范：《修辞学概要》，呼和浩特：内蒙古大学出版社，1993年。

[5] 崔应贤：《修辞学讲义》，北京：清华大学出版社，2012年。

[6] 戴锡琦，戴今波：《古诗文修辞艺术概观》，北京：首都师范大学出版社，1994年。

[7] 丁福保辑：《历代诗话续编》，北京：中华书局，1983年。

[8] 段曹林：《唐诗语法修辞研究》，北京：中国社会科学出版社，2021年。

[9] 郭英德：《中国古代文体学论稿》，北京：北京大学出版社，2005年。

[10] 何文焕辑：《历代诗话》，北京：中华书局，1981年。

[11] 胡怀琛：《古文笔法百篇》，北京：商务印书馆，2018年。

[12] 黄伯荣，廖序东：《现代汉语》，北京：高等教育出版社，2017年。

[13] 江枰：《苏轼散文研究史稿》，上海：复旦大学出版社，2020年。

[14] 孔凡礼：《苏轼年谱》，北京：中华书局，1998年。

[15] 李索：《古代汉语修辞学》，天津：天津人民出版社，2000年。

[16] 李维琦：《修辞学》，长沙：湖南师范大学出版社，2012年。

[17] 李真瑜，田南池，房春草：《中国散文通史·宋金元卷》，合肥：安徽教育出版社，
2012年。

[18] 刘熙载著，叶子卿点校：《艺概》，杭州：浙江人民美术出版社，2017年。

[19] 刘勰著，王志彬译注：《文心雕龙》，北京：中华书局，2012年。

[20] 欧明俊：《古代文体学思辨录》，北京：人民出版社，2015年。

[21] 钱穆：《中国文学论丛》，北京：生活·读书·新知三联书店，2002年。

[22] 钱锺书选注：《宋诗选注》，北京：人民文学出版社，2016年。

[23] 任竞泽：《宋代文体学研究论稿》，北京：商务印书馆，2011年。

[24] 任遂虎：《文章学通论》，北京：清华大学出版社，2011年。

[25] 上海辞书出版社文学鉴赏辞典编纂中心：《古代小品文鉴赏辞典》，上海：上海辞书出版社，2011年。

[26] 上海辞书出版社文学鉴赏辞典编纂中心：《苏轼诗文鉴赏辞典》，上海：上海辞书出版社，2012年。

[27] 四川大学中文系唐宋文学研究室：《苏轼资料汇编》，北京：中华书局，1994年。

[28] 苏轼著，孔凡礼点校，王文诰辑注：《苏轼诗集》，北京：中华书局，1982年。

[29] 苏轼著，孔凡礼点校：《苏轼文集》，北京：中华书局，1986年。

[30] 苏轼撰，王纳谏辑：《苏长公小品》，北京：文物出版社，2020年。

[31] 苏轼撰，王松龄点校：《东坡志林》，北京：中华书局，1981年。

[32] 苏辙著，陈宏天，高秀芳点校：《苏辙集》，北京：中华书局，2017年。

[33] 谭学纯，濮侃，沈梦璎主编：《汉语修辞格大辞典》，上海：上海辞书出版社，2010年。

[34] 谭学纯，朱玲：《广义修辞学》，合肥：安徽教育出版社，2001年。

[35] 王凤英：《篇章修辞学》，哈尔滨：黑龙江人民出版社，2007年。

[36] 王更生：《苏轼散文研读》，台北：文史哲出版社，2000年。

[37] 王国维：《王国维文学论著三种》，芜湖：安徽师范大学出版社，2014年。

[38] 王启鹏：《苏轼文艺美论》，广州：中山大学出版社，2007年。

[39] 王水照，朱刚：《苏轼评传》，武汉：长江文艺出版社，2019年。

[40] 王占福：《古代汉语修辞学》，石家庄：河北教育出版社，2000年。

[41] 吴承学：《晚明小品研究》，南京：江苏古籍出版社，1998年。

[42] 吴承学：《中国古代文体形态研究》，北京：北京大学出版社，2013年。

[43] 徐渭：《徐渭集》，北京：中华书局，1999年。

[44] 杨庆存：《宋代文学论稿》，上海：复旦大学出版社，2007年。

[45] 叶朗：《中国美学史大纲》，上海：上海人民出版社，1985年。

[46] 易蒲，李金苓：《汉语修辞学史纲》，长春：吉林教育出版社，1989年。

[47] 袁宏道著，赵伯陶编选：《袁宏道集》，南京：凤凰出版社，2009年。

[48] 袁枚著，周本淳点校：《小仓山房诗文集》，上海：上海古籍出版社，1988年。

[49] 袁枚著：《随园诗话》，杭州：浙江古籍出版社，2016年。

[50] 袁中道著，钱伯城点校：《珂雪斋集》，上海：上海古籍出版社，1989年。

[51] 袁宗道著，钱伯城标点：《白苏斋类集》，上海：上海古籍出版社，2007年。

[52] 张岱著，夏咸淳辑校：《张岱诗文集》，上海：上海古籍出版社，2014年。

[53] 郑文贞：《篇章修辞学》，厦门：厦门大学出版社，1991年。

[54] 郑远汉：《言语风格学》，武汉：湖北教育出版社，1998年。

[55] 周济：《介存斋论词杂著》，北京：人民文学出版社，1998年。

[56] 周振甫：《修辞学九讲》，重庆：重庆大学出版社，2010年。

[57] 周振甫：《中国修辞学史》，南京：江苏教育出版社，2005年。

[58] 朱光潜：《诗论》，上海：华东师范大学出版社，2017年。

[59] 朱光潜：《谈文学》，上海：华东师范大学出版社，2017年。

[60] 祝尚书：《宋元文章学》，北京：中华书局，2013年。

[61] 宗白华：《美学散步》，上海：上海人民出版社，1998年。

[62] 宗廷虎，陈光磊主编：《中国修辞史》，长春：吉林教育出版社，2007年。

[63] 曾枣庄，舒大刚主编：《三苏全书》，北京：语文出版社，2001年。

[64] 曾枣庄：《宋文通论》，上海：上海人民出版社，2008年。

[65] 曾枣庄主编：《苏文汇评》，成都：四川文艺出版社，2000年。

论文类:

[1] 毕爱杰:《论苏轼的游记散文》,硕士学位论文,宁夏大学文学院,2003年。

[2] 董韦彤:《公安派的崇苏尚俗与晚明文学思潮的嬗变——兼论苏轼典范的确立》,文艺理论研究,2024第1期,第84-93页。

[3] 樊庆彦:《明代苏轼研究"中熄"说献疑——兼论明代苏文评点的学术价值》,复旦学报(社会科学版),2010年第03期,第98-106页。

[4] 胡传志:《"苏学盛于北"的历史考察》,文学遗产,1998年第5期,第54-60页。

[5] 刘含笑:《苏轼的记体散文研究》,硕士学位论文,东北师范大学文学院,2012年。

[6] 谭学纯:《修辞话语建构双重运作:陌生化和熟知化》,福建师范大学学报(哲学社会科学版),2004年第5期,第1-6页。

[7] 唐鹏:《苏轼政论散文研究》,硕士学位论文,扬州大学文学院,2013年。

[8] 王小飞:《苏轼散文语言节律研究》,硕士学位论文,西北大学文学院,2014年。

[9] 臧菊妍:《苏轼惠州散文研究》,硕士学位论文,陕西理工大学文学院,2023年。

[10] 张大联:《论苏轼的散文理论及散文创作》,硕士学位论文,华中师范大学文学院,2004年。

[11] 张惠民:《从金源文论看"苏学北行"》,乐山师范学院学报,2007年第4期,第7-13页。

[12] 曾枣庄:《"崇尚眉山之体"——苏轼对元代文学的影响》,阴山学刊,2001年第2期,第18-22页。

[13] 曾枣庄:《"苏学行于北"——论苏轼对金代文学的影响》,阴山学刊,2000年第4期,第10-15页。

后　记

　　读博期间，我萌生了写这本书的想法。本书力求对苏轼散文修辞作整体考察，研究其整体风貌、主要成就、根源条件、传承影响等，既立足于苏轼散文自身修辞现象的微观研究，又对其做与题旨情境互动关系、对前代继承发展以及对后世影响的宏观研究，将共时与历时相结合，竭尽所能做到让研究详实全面。

　　在书稿的反复修改中，我训练了自己思考问题的不同角度，磨炼出了足够的耐心，一步一步地推进，不断提升、锻炼了自己的科研素养、科研思维，因此，书稿的撰写思路更加清晰明了，框架结构不断完善，内容表述更为精准。但由于个人学术水平不足，研究能力有限，加之受到客观条件的限制，本书可能还存在一些问题和不足，我将在日后继续完善、深化该项研究。

　　感谢我的老师们，是他们引导我走上了语言学研究的道路。感谢父母对我的支持。感谢我身边的同窗，我们相互陪伴、彼此安慰，一起见证了各自的努力与成长。一路走来，风雨兼程。希望未来继续保持努力，在学术之路上开出更绚烂的花朵、结出更饱满的果实。

谢　晴

2024年8月30日